dtv

Das »Fräuleinwunder der deutschen Underground-Literatur« schlägt wieder zu und gewährt dem Leser einen Einblick in den chaotischen und abenteuerlichen Alltag ihrer Familie. Sie treibt amerikanischen Schuldirektoren den Angstschweiß auf die Stirn und plagt sich mit polnischen Austauschschülerinnen herum. Sie will nicht, wie andere junge Mädchen, ein eigenes Pferd besitzen, sondern möchte gerne selbst eines sein. Willkommen in der Königsklasse! Der würdige und heiß ersehnte Nachfolgeband von ›Ich hatte sie alle‹ (<u>dtv</u> 21156, 2009).

Katinka Buddenkotte, Jahrgang 1976, lehrte die Betreiber von Call-Centern, Jugendherbergen und Messeständen das Fürchten. Nach einem Intermezzo als Werbetexterin lebt sie mittlerweile als freie Autorin, Vorleserin und Poetry-Slammerin in Köln. Mehr über die Autorin: www.la-buddenkotte.de

Katinka Buddenkotte

Mit leerer Bluse
spricht man nicht

Erzählungen

Deutscher Taschenbuch Verlag

Von Katinka Buddenkotte
ist im Deutschen Taschenbuch
Verlag erschienen:
Ich hatte sie alle (21156)

Ausführliche Informationen über unsere
Autoren und Bücher
finden Sie auf unserer Website
www.dtv.de

Ungekürzte Ausgabe 2010
Deutscher Taschenbuch Verlag GmbH & Co. KG,
München
© 2009 Verlag Die Muschel, Köln
Die Veröffentlichung dieses Werkes erfolgt auf Vermittlung
der Autoren- und Verlagsagentur Peter Molden, Köln
Umschlagkonzept: Balk & Brumshagen
Umschlaggestaltung: Wildes Blut, Atelier für Gestaltung,
Stephanie Weischer unter Verwendung eines Fotos von
plainpicture/Thordis Rüggeberg
Satz: Greiner & Reichel, Köln
Gesetzt aus der Dorian 10,5/13,5 ·
Druck und Bindung: Druckerei C. H. Beck, Nördlingen
Gedruckt auf säurefreiem, chlorfrei gebleichtem Papier
Printed in Germany · ISBN 978-3-423-21230-4

Inhalt

Ist das denn zu viel verlangt? 7

Drei Haselnüsse für Aschenbrödel 11

Selbstgespräche. 20

Und Adam Bronski freute sich 27

Wenn ich ein Mädchen wär. 37

Natterascha. 46

Konstantinos Monomachos 57

Leave me alone. 71

This is not America 74

Mein Lieblingsbuch 90

Mutter Erde weint. 97

Was ich dir noch sagen wollte 103

Alles wird gut. 116

Wenn es mal so weit ist. 121

Die gelben Mappen 125

Unsätze des Lebens 131

Mein Weihnachten. 137

Für meinen Bruder

Ist das denn zu viel verlangt?

Ich will doch nur jemanden finden, der mit mir eine Tankstelle überfällt. Mehr nicht. Rein in den Laden, Waffen zücken, Geld schnappen und wieder raus zum Fluchtfahrzeug, Abfahrt in die Freiheit. Geht aber nicht. Denn alle, die mit mir eine Tankstelle überfallen würden, könnten sich zum guten Schluss wahrscheinlich nicht beherrschen und müssten noch eine brennende Zigarette direkt neben die Zapfsäule werfen. Und dann würden sie in einiger Entfernung stehen bleiben, die riesige Explosion beobachten und den brennenden, schreienden Tankwart als »Voll krass, ey« bezeichnen. Und die, die den Tankwart nicht als »Voll krass, ey!« bezeichnen würden, die wären noch schlimmer und würden so was sagen wie: »Du, das ist jetzt von so einer morbiden Ästhetik, so übertrieben symbolisch und genau deshalb verblüffend entwaffnend, findest du nicht auch?«

Mädels, ich sage es euch, raubt niemals mit einem Filmstudenten eine Tankstelle aus, es geht nicht gut. Mit einem Filmstudenten sollte man noch nicht einmal einen Ententeich überfallen, denn er dreht auf halber Strecke um, wenn das Licht nicht optimal einfällt.

Arbeitslose gehen auch gar nicht für so eine Aktion. Die haben kein Auto. Und mit dem Stadtbus kommt ihr gar nicht an die guten Tankstellen ran, also müsstet ihr ein Taxi nehmen. Dann kann euer Arbeitsloser das Taxi nicht bezahlen und lässt seinen Personalausweis als Pfand da, bis er gleich mit dem Geld zurückkommt – eine dumme Angewohnheit, die jedes Kapitalverbrechen völlig versaut. Und ein Romantikkiller ist es auch. So würde zumindest eine Redakteuse des Frauenmagazins »Instyle« die Sachlage beschreiben. Ich könnte mir sogar vorstellen, dass »Tanke überfallen mit Hartz-IV-Empfänger« ganz oben auf deren *Don't*-Liste der März-Ausgabe steht, ungefähr so: »Schlecht organisierte Raubüberfälle mit Asozialen sind gerade in einer frischen Beziehung ein absolutes No-No. Der nicht verdienende Partner fühlt sich schnell überfordert und begeht oft Fehler, die das Vertrauen in eine gemeinsame Zukunft schmälern. Gesunde Alternative: Öfter mal ein Peeling aus Mandelkleie und Hibiskusblüten anwenden und den Beckenmuskel trainieren.« Dahinter in Klammern, aber dann wieder mit Ausrufezeichen: »Verfeinert das Hautbild, Qualitäts-Sex!«

Neben dem gestellten Foto prangt noch der Herstellernachweis: »Ihr Kleid von *Dior Junior*, Halstuch von *Hermes*, Waffe von *Kalaschnikoff*. Sein Outfit: Army Store. Strumpfmaske: privat.«

Bevor man also mit einer Lifestyle-Redakteuse eine Tankstelle überfällt, gibt man sich am besten selbst die Kugel. Überhaupt, Frauen, die gehen gar nicht. Entweder, sie bleiben direkt vor der Überwachungskamera stehen, um sich die Lippen nachzuziehen, oder sie verwickeln den Tankwart in endlose Diskussionen über Chancengleichheit im Beruf, weil der endlich mal zuhört, so mit vorgehaltener Waffe. Am Ende kriegen die meisten Frauen auch noch ihren Moralischen und wollen das Ganze wie in »Thelma und Louise« beenden. Superfilm, aber es ist schon was anderes, mit einem 65er Thunderbird in den Grand Canyon zu donnern, als von der Raststätte Tecklenburger Land aus die Dülmener Klippen hinunterzubröckeln und dann nur leicht querschnittsgelähmt unten anzukommen – mit dem Wissen, dass der Ford Fiesta nur Teilkasko hatte und man vorher *nicht* mit Brad Pitt gevögelt hat. Da bekommt der ganze Ausflug so einen schalen Beigeschmack, finde ich.

Also doch ein Mann. Aber nicht so ein verkopfter, sondern einfach ein brutaler, echter Mann mit Autorität in der Stimme. Vielleicht ein Reitlehrer, so ein schnittiger Rittmeister, ein gestrenger. Aber so etwas gibt es ja gar nicht mehr. Der Einzige, der dieses Täterprofil noch einigermaßen ausfüllen würde, wäre der Staatsanwalt von Barbara Salesch, der Herr Doktor Römer. Der kann unschuldig Angeklagte anschreien, dass es nur so eine Art hat. Wenn der auf den Tankwart losgeht, da brauchen wir gar keine Waffen mehr. Praktisch, ich habe ja auch noch gar keine besorgt.

Dr. Römer kann auch bestimmt gut Auto fahren oder zumindest schnittig, was ja bei einer einzukalkulierenden Verfolgungsjagd viel wichtiger ist. Ich könnte mir vorstellen, dass Dr. Römer sogar das Blaulicht anmacht, obwohl wir vorneweg fahren, und wenn er dann so locker die MP unter der Robe hervorlugen lässt und seine Halsschlagader leicht anschwillt, so wie immer dann, wenn er wieder mal einen niederen Beamten in seine Schranken verweist, das wäre schon ein Ausflug, für den ich zu haben wäre, wenn wir danach fifty-fifty machten. Soweit also die Tagesplanung: leichtes Frühstück, Tankstellenüberfall mit Staatsanwalt Dr. Römer, abends ein Peeling und dann Qualitätssex (ohne Dr. Römer).

Ist das denn zu viel verlangt?

Drei Haselnüsse für Aschenbrödel

Angeblich braucht es ein ganzes Dorf, um ein Kind großzuziehen. Leider lässt sich dieses Rezept nicht nahtlos auf drei Kinder und eine Kleinstadt hochrechnen. Nachdem meine Eltern sich zunächst durch ihre Pädagogikstudien massiv verunsichern ließen, verhedderten sie sich in ein paar interessanten Erziehungskonzepten, die sie dann wahllos an uns ausprobierten. Schließlich gingen sie nach dem Ausschlussprinzip vor: Ihre Kinder sollten wichtige Werte des menschlichen Miteinanders vermittelt bekommen, *ohne* einer Kirche anzugehören, einem Sportverein beizutreten oder sich einer sonstigen Organisation zu verpflichten, die affige Kleidung oder die Opferung freier Wochenenden einforderte. So entschieden sie sich also für die Anschaffung eines Videorekorders.

Noch bevor das Gerät angeschlossen war, erhob es meine Schwester und mich innerhalb der Gruppe unserer Nachbarskinder in einen höheren gesellschaftlichen Rang. Hatte die hyperaktive Brut stets mit Ausflügen des Turnvereins oder den Abenteuern bei Messdienerfreizeiten vor uns geprotzt, so wurden sie jetzt erbarmungslos von meiner Schwester abgefertigt, wenn sie ihr Totschlagargument anbrachte: »Na und? Ich kann immer …« – an dieser Stelle pflegte sie eine sensationelle Pause einzulegen, um dann jede noch folgende Silbe auszukosten – »genau den Film sehen, den ich will, wann ich will und sooft ich will.«

So schön sie die erste Seite des mitgelieferten Werbeprospektes auch auswendig gelernt hatte, so wenig stimmten leider ihre Angaben zu unserem neuen, privilegierten Leben. Denn leider verhielt es sich nicht so, dass unsere Familie sämtliche Möglichkeiten des neuen multimedialen Zeitalters voll ausschöpfen konnte.

Bei der Erstinbetriebnahme des Rekorders verlor dieser durch einen etwas zu brachialen Knopfdruck gleich eine seiner namengebenden Fähigkeiten: das Rekorden. Aber wenn meine Eltern erst einmal eine neue Errungenschaft in ihr Haus geführt, also zu einem Fremden Vertrauen gefasst haben, lassen sie sich von kleineren Handicaps nicht irritieren. Niemand dachte ernsthaft daran, das defekte Gerät reparieren zu lassen oder es gar umzutauschen. Es wäre zu peinlich gewesen, hätten die Nachbarn von diesem Rückschlag Wind bekommen. Das geplante Aufnehmen von Filmen, die im Spätprogramm liefen, wurde also spontan ad acta gelegt, und meine Mutter zog folgenden Schluss:

»Wir müssen ja nicht extra versuchen, etwas anzuschauen, bei dem wir im normalen Leben sowieso eingeschlafen wären!«

Doch so oder so: Normal sollte unser Leben nicht mehr werden.

In den folgenden Wochen sollte sich zeigen, dass wir uns keinesfalls nur eine Errungenschaft der modernen Technik zugelegt hatten – wir hatten ein neues Familienmitglied gewonnen, das nahezu perfekt die leere Stelle unseres kürzlich verstorbenen Hundes ausfüllte. Denn obwohl »Vidi« weder haarte noch getragene Schlüpfer verschleppte, so hatte er doch andere spezielle Vorlieben, über die wir zunächst gnädig hinwegsahen und dann als gottgegeben akzeptierten. Beispielsweise vertrug Vidi das Abspielen von Kauf- oder Leihkassetten nicht besonders gut. Er erbrach das Material stets kurz vor Beginn des Hauptfilms. Voller Ekel schien er sich zu schütteln, und nicht selten flog die Kassette einige Meter weit aus seinem geöffneten Schlund auf den Teppich zurück. Meine Schwester kroch dann vorsichtig zu ihm unter den Fernseher, streichelte das bebende Gehäuse und murmelte: »Brav, ganz brav. Immerhin hast du dieses Mal keinen Bandsalat gemacht, brav!«

Die einzige Möglichkeit, Vidi wieder zu beruhigen, bestand darin, ihn mit einem seiner Lieblingsfilme zu füttern. Vidi hatte genau genommen nur einen einzigen Lieblingsfilm, der über die Jahre, wie könnte es anders sein, auch zu unserem Lieblingsfilm wurde. Es handelte sich dabei um eine damals kurioserweise schon uralte Fernsehaufzeichnung unbekannten Ursprungs, die komplett mit Fernsehansager und Werbeunterbrechung aufgenommen worden war. Der eigentliche Film war kein geringeres Werk als der großartige tschechische Märchenfilm »Drei Haselnüsse für Aschenbrödel«, der

Weihnachtsklassiker schlechthin. Wir lernten, ihn zu jeder Jahreszeit zu schätzen.

Zu den ersten vier Vorstellungen luden wir die Nachbarskinder noch ein. Als sich Aschenbrödel jedoch zum fünften Mal während der Sommerferien auf ihren Schimmel schwang, um, untermalt von einlullendem Harfenspiel, zum Ball des Königs zu reiten, quengelte ein sonst ziemlich großschnäuziger Nachbarsjunge matt: »Ich kann nicht mehr.«

Der Glückliche! Er hatte eine Wahl. Er konnte gehen und draußen spielen.

So einfach kamen meine Schwester und ich nicht davon. Denn wenn Vidi erst einmal mit »Drei Nüsse« angefangen hatte, musste er die Sache auch zu Ende bringen. Sonst bockte er, spuckte wild mit Schrauben und war sogar in der Lage, das Fernsehgerät zu manipulieren. Wenn er nicht alle zwei Tage seinen Film reingedrückt bekam, wurde er ebenfalls unleidlich und brummte selbst im Stand-by-Modus bedrohlich wie ein Grizzly in Gefangenschaft. So musste der Film immer bis zum Ende angesehen werden. Keinesfalls war es uns dabei erlaubt, ihn bei ausgeschaltetem Ton zu ignorieren. Auf solche Spielchen reagierte Vidi empfindlich und rächte sich furchtbar. Dann verweigerte er die Eject-Funktion, rückte seinen Schatz nicht mehr heraus und donnerte selbstständig zu nachtschlafender Zeit los, wobei er uns gerne mit seiner Lieblingsszene folterte, die er im Repeat-Modus beherrschte. Wenig- oder Weihnachtsseher dieses Filmes werden diese scheinbar unbedeutende Szene vielleicht nicht direkt vor Augen haben, aber Vidi liebte die Stelle, an der Aschenbrödel einer streunenden Katze eine Schale Milch kredenzt und das gierige Schlucken der Mieze mit den denkwürdigen Worten begleitet: »Jaaa, rein damit, reicht nur nicht.«

Wenn diese Worte, so sanft sie auch ausgesprochen werden, in einer irrsinnigen Lautstärke nachts um zwei aus einer Mietwohnung in einer sonst respektablen Wohngegend dröhnen, hat man am nächsten Tag plötzlich noch ganz andere Probleme zu meistern als die Verhaltensstörungen eines Videogerätes in der Trotzphase.

Meine Mutter war kurz davor, Vidis Leiden ein Ende zu bereiten, ihn zu entkabeln, die Schläuche zu kappen.

Meine Schwester und ich weinten. Wir umklammerten den grauen Kasten, hielten ihn eng umschlungen, und meine Schwester ratterte die übliche Litanei der leeren Vorschulkinderversprechungen herunter: »Ich kümmere mich auch mehr um ihn, ich füttere ihn jeden Tag und gehe auch dreimal am Tag mit ihm raus, ich will auch gar kein Taschengeld mehr haben …!«

Doch ihr irrsinniges Geschwafel wurde von meiner Mutter rigoros unterbrochen: »Ja, klar, und wer macht seinen Stall wieder sauber? Das bleibt doch wieder an mir hängen!«

Dann verfiel sie in hysterisches Lachen. Mein Vater unterband es mit ruhiger Stimme und der sachlichen Erklärung: »Leute, das ist ein Videorekorder und kein Tier. Wir können ihn nicht einfach einschläfern. Wir müssen herausfinden, wo sein Problem liegt. Wir müssen ihm helfen.«

Langsam ließen meine Schwester und ich von Vidi

ab. Sachte, ganz vorsichtig stellten wir ihn zurück unter den Fernseher. Mein Vater überprüfte die Kabel. Vidi brummte wohlwollend. Es war ihm nichts passiert.

Schweigend und voller Sorge betrachtete meine Familie ihren Jüngsten. Angespornt durch die besinnliche Stimmung entsann ich mich, dass ich tags zuvor wieder heimlich im integrativen Kindergarten nebenan gelauscht hatte, und wiederholte die Worte, die ich von der Betreuerin aufgeschnappt hatte: »Am besten hilft man, wenn man erst einmal ganz genau zuhört.«

Meine Mutter nickte gütig. Meine Schwester, die mit Vidis zarter Konstitution immer am sanftesten umzugehen vermochte, drückte die Play-Taste. So sahen wir uns am 26. Juli 1984 zum achtzehnten Mal in diesem Sommer »Drei Haselnüsse für Aschenbrödel« an. Und wir hörten sehr aufmerksam zu.

Natürlich hatte selbst mein kleiner Bruder, damals noch ein Säugling, intensiv gespürt, dass es sich bei »Aschenbrödel« um mehr als einen reinen Unterhaltungsfilm für Kinder handelte. Er war eher als ein Gleichnis zu verstehen oder, besser gesagt: als eine Weltanschauung. Der ganze Film ist so, wie eine gute Religion im Grunde sein sollte: Jeder kann sich das Passende aus ihr heraussuchen, und es kommen jede Menge Tiere darin vor. Meine Schwester, die den Film bis heute von Anfang bis Ende auswendig mitsprechen kann (inklusive des Fanfareneinsatzes und der Eulengeräusche), entwickelte eine sehr direkte Leitlinie daraus: »Hauptsache, ich habe ein weißes Pferd, dann kann ich jeden noch so verpeilten Prinzen mit durchziehen.«

Und sie sollte recht behalten.

Mein Vater, der die persönliche Entwicklung meines Bruders stets mit leichtem Zweifel registriert, bringt sich immer wieder zu königlicher Ruhe und Gelassenheit, indem er die Anwandlungen seines Stammhalters nicht direkt versteht. So konnte er selbst die unvermeidbaren Baggy-Pants, die rosa Polohemden und die Riesensonnenbrille meines Bruders ertragen, indem er sich auf seinen Thron pflanzte, den Bart kraulte und wahrhaft royal verlauten ließ: »Wie ich feststellen muss, war mir der Geschmack des Prinzen bisher völlig unbekannt.«

Ja, Vidi zeigte uns, wie reich an geflügelten Worten und beispielhaftem Verhalten dieser Film tatsächlich war. Selbst für meine medienkritische Mutter hält er das ein oder andere Bonmot bereit, dessen sie sich immer wieder gern bedient. Statt das vulgäre Outfit von flüchtig bekannten Hobby-Galeristinnen detailliert zu kommentieren, genügt es innerhalb der Familie, wenn sie das problemzonenorientierte Kreischfarbenkleid dieser Person mit den Worten »Es wird vorstellig, Prinzessin Kleinröschen!« umschreibt.

Das erste Wort meines Bruders war für Nichteingeweihte stets ein Rätsel, manche bezeichneten seinen häufig angebrachten, kraftvollen Schrei nach »Aguröhlell!« gar nicht als Wort, sondern als eine Lebensaufgabe für jeden Logopäden. Wir aber, der interne Aschenbrödel-Kreis, wir wussten genau, was er uns mitteilen wollte: »Ein Pferd, schnell!« Er wiederholte die Worte seiner Identifikationsfigur, des leicht retardierten Prinzen. Kann ein einjähriges Kind deutlicher formulieren, wie dringlich sein Verlangen nach irgendetwas ist, wenn es dabei auch noch unterstützend auf den jeweiligen Gegenstand zeigt? Wohl kaum. So reichten wir unserem kleinen Genie alles, worauf es zeigte, wenn es »Aguröhlell!« brüllte. Oft waren es Cornflakes, manchmal Bagger, selten ein Pferd.

Kurz vor dem Weihnachtsfest beschloss Vidi, sein Werk an uns vollbracht zu haben. Er starb an Materialermüdung, eine häufige Todesursache bei jungen Wanderpredigern. Dennoch verbrachten wir ein schönes, ungestörtes Familienfest. Als meine Schwester unter dem Baum das langersehnte *Guns'n'Roses*-T-Shirt fand, bereitete sie unseren Eltern die größte Freude, indem sie das kostbare Textil an ihr Herz drückte und mit gekonntem Augenaufschlag rezitierte: »Aber … aber das ist ja ein Brautkleid!«

Das wirkliche Wunder an jenem Weihnachtsfest manifestierte sich jedoch in Gestalt meines Bruders. Sein Sprachzentrum erwachte erstmals vollständig. Als die gesamte vierköpfige Verwandtschaft im Türrahmen erschien, stieß er bei ihrem Anblick Vidis Lieblingssatz hervor: »Rein damit, reicht nur nicht!«

Die leichte Irritation der nicht Eingeweihten wusste mein Bruder über das gesamte, wenn auch recht kurze Beisammensein mit Tante, Onkel und Cousins auszubauen, indem er seine Beobachtungen, ganz wie Vidi, ständig wiederholte. Es passte wirklich immer, egal, ob mein Cousin sich anschickte, riesige Portionen Gans zu vertilgen, oder meine Tante versuchte, einen etwas zu kleinen Kaschmir-Pullover anzuprobieren.

Schon vor dem Nachtisch waren wir wieder auf die Kernfamilie zusammengeschrumpft, und wir ließen mögliche andere Festtagsoptionen, wie etwa den Besuch einer Christmette, unter den noch gut gefüllten Tisch fallen, denn im Fernsehen zeigten sie unseren Film.

Noch heute bringt meine Familie ein geradezu erschütterndes Verständnis dafür auf, wenn ich glaube, dass ich mal wieder den Mann meines Lebens an den untrüglichen Kennzeichen für ein edles Gemüt erkannt haben will: Er trägt viel zu enge Hosen und einen lustigen Hut, außerdem liebt er die Jagd. Sobald der jeweilige Kandidat dann vor unserer Wohnungstür steht, flüstert meine Mutter ganz leise: »Rein damit …« Wenn er dann einen Tag mit unserer Familie vor dem Fernseher überlebt, darf er bleiben.

Selbstgespräche

»Jesus wird kommen, und er wird euch alle ficken!«

So, jetzt weiß endlich die ganze Linie 3, was der Herr heute Abend noch so vorhat. Manche grinsen, andere gucken mitleidig auf mich herab. Aber die meisten sind unendlich dankbar, dass der Mann mit der besonderen Mitteilungsfreudigkeit sich neben mich und nicht neben sie gesetzt hat.

Der Mann, also eher das Männchen, trägt zum Ausgleich seiner mangelnden Körpergröße einen lustigen Hut aus Drahtbügeln und Aldi-Tüten, riecht bis zur Hüfte abwärts nach altem Doornkaat und von dort an nach abgelaufenem Doornkaat. Vom Alter her ist der Typ schwerer einzuschätzen als Zsa Zsa Gabor, aber ich hatte schon immer Probleme damit, Menschen in eine Geburtsdekade einzuordnen, die Minischottenröcke über stark behaarten Beinen tragen.

»Er wird kommen und auch dich ficken, jaaaaa!«

Das war eine Botschaft ganz speziell für mich. Das konnte ich daran erkennen, dass Rumpelstilzchen die Worte direkt in mein Ohr gerülpst hat.

Ich wische mir meine linke Gesichtshälfte ab und versuche, unbeeindruckt und beschäftigt zu wirken. Funktioniert nicht besonders gut, wenn man es versäumt hat, weder ein Buch noch eine Zeitung, ein Handy oder wenigstens einen Leibwächter mit in die Bahn genommen zu haben.

Ich starre also alternativ auf meine Schuhspitzen und wünsche mir einen Freund. Müsste ja nicht mal ein großer sein. Momentan würde auch ein ganz kleiner genügen, einfach einer, der sich auf den freien Platz neben meinem gesetzt hätte.

Ich fühle mich einsam, Rumpelstilzchen offenbar nicht, ich bin ja da. Er fuchtelt mir mit einem Einkaufsnetz vor dem Gesicht herum und brüllt: »Der HErr wird kommen und dich ficken, oh jaaa!«

Ich persönlich könnte jetzt ganz gut mit Ignorieren aufhören, traue mich aber nicht. Das letzte Mal, dass mir ein komplett Durchgedrehter seinen Hirnsenf ungefragt ins Gesicht geblasen und mir damit eine Reaktion abgerungen hat, ist vier Jahre her. Da habe ich eine gewisse Zeit auf Durchzug geschaltet, um dann im richtigen Moment mit noch gröberem Unfug zu kontern. Es könnte wieder klappen. Denn bei dem letzten Irren vor vier Jahren hat es funktioniert, und zwar an jedem Montagmorgen, den Gott kommen ließ. Denn der letzte Irre war mein Abteilungschef in der Werbeagentur und laberte sich bei diesen Montagmorgen-Meetings einmal um den Block und zurück, während alle anderen noch selig auf ihren Stühlen dösten. Und bei diesen Gelegenheiten hat eine scheinbar raffinierte Gegenfrage im richtigen Moment immer einen tollen

Effekt erzielt. Mein Chef war nämlich so selbstzentriert, dass er noch nicht einmal merkte, dass ich ihm jeden Montagmorgen denselben Köder hingeworfen habe. Immer, wenn er mich nach seinem Wortgewichse auffordernd anschaute, bemerkte ich scheinbar nachdenklich, am Kugelschreiber kauend, fast so, als hätte ich ihm zugehört und würde tatsächlich mitgrübeln: »Du, finde ich 'ne ganz spannende Idee, Lutz, aber warum machen wir's nicht einfach umgekehrt?« Darauf folgte kurze Verwunderung, nachdenkliches Schauen gen Horizont, dann ein anerkennendes Nicken in meine Richtung und voller Begeisterung: »Interessanter Ansatz, Katinka, da ist was dran, in die Richtung denken wir doch alle mal weiter ...!«

Alle dachten das dann mal weiter, wuselten geschäftig herum und boten mir die Gelegenheit, unauffällig herauszufinden, was genau nun wir eigentlich umgekehrt machen wollten.

Das habe ich zwei Jahre lang knallhart durchgezogen, jeden Montagmorgen, aber irgendetwas sagt mir, dass dieser Irre in der Bahn hier nicht unbedingt so beschränkt ist wie mein ehemaliger Chef. Ich könnte mir sogar vorstellen, dass dieser Irre mich einfach lyncht, je nachdem, wie er meinen »interessanten Ansatz« deuten würde. Würde er denken, dass ich es »ganz spannend« fände, zum HErrn zu kommen und *ihn* zu ficken, oder würde er mich für eine kleine Besserwisserin halten, weil ich denke, dass der HErr erst ficken und dann kommen wird, wie die meisten anderen Herren auch. Ich halte also lieber den Mund. Rumpelstilzchen kriecht derweil auf meinen Schoß: »Noch heute Nacht wird der HErr kommen und euch alle ficken! Dich als Erste, jaaaa!«

Jetzt schauen endlich alle Fahrgäste in unsere Richtung und schütteln mit den Köpfen. Sie halten mich für verrückt, weil ich einen Verrückten auf dem Schoß habe. Ein paar männliche Teenager mit Migrationshintergrund mustern mich wie eine kritische Expertenjury für auffälliges Verhalten in Transportmitteln des öffentlichen Personennahverkehrs. Ich könnte jetzt mit Leichtigkeit an Irrsinn aufholen, mit einer simplen Geste, vielleicht Rumpelstilzchen die Brust anbieten oder so. Aber ich glotze nur doof, es scheint auszureichen. Rumpelstilzchen sieht seine Poleposition im Idioten-Grand-Prix gefährdet und legt nun tüchtig nach: »Denn ich bin Jesus, der HErr, und ich werde dich ...«

»Oh, nä, ne?«, entfährt es mir. Sonst bin ich keine so impulsive Natur, aber irgendwann reicht es mir dann auch.

Rumpelstilzchen reagiert angemessen. Er springt von meinem Schoß herunter und kreischt: »Doch, doch, ich bin der HErr, und ihr seid alle Huren, alle Huren, Huren Babylons!«

Er springt jetzt in der Bahn herum, endlich weg, weg von mir. Teenager kreischen, Hunde bellen, alte Männer verteidigen sich mit Spazierstöcken. Alle Übrigen glotzen mich böse an. In ihren Blicken liegt ein einziger Vorwurf: »Musstest du ihm denn unbedingt widersprechen? Wir hatten dich doch so schön geopfert, und dann musst du ihn auf uns alle loshetzen mit deiner vorlauten Art, toll!«

Ich werde rot, die Bahn hält an. Rumpelstilzchen hält ebenfalls inne, besinnt sich, dass er noch in einer anderen Linie seine Botschaft verbreiten sollte und humpelt hinaus. Die Türen schließen sich hinter ihm, Rumpelstilzchen dreht sich noch einmal zu uns um, nickt bekräftigend und winkt wie der hochfavorisierte Präsidentschaftskandidat hinter uns her. Im Wind der anfahrenden Bahn weht sein Minirock hoch. Er trägt ihn traditionell schottisch. Wie schön.

Die anderen Fahrgäste murmeln. Einige kichern schrill, keiner setzt sich auf den freien Sitzplatz neben mich. Ich versuche mir einzureden, dass es daran liegt, dass dort eben noch Rumpelstilzchen saß, schaffe es aber nicht. Schließlich habe ich mich eben in aller Öffentlichkeit gegen meine auserwählte Funktion als Freak-Magnet gewehrt, und alle in dieser Bahn wissen davon. Zum Glück muss ich am Friesenplatz raus, raus in meine kleine Welt, ab ins Theater, wo viele manchmal ganz normal sind und ich als Kellnerin jobbe.

Das Theater empfängt mich mit wohliger Wärme, in Form von mir bekannten Menschen und Freibier. Ich setze mich an die Theke, will kurz mal mit überhaupt niemandem reden. Eine mir bekannte, völlig normale Person setzt sich zu mir und fragt mich, ob es mir nicht auch so fantastisch gehe wie ihr. Ich antworte nicht, das wurde auch nicht erwartet, stattdessen bekomme ich zu hören, weshalb es der normal-normalen Person so fantastisch geht:

»Also, Katinka, da waren wir in diesem ganz fantastischen Landhäuschen in der Eifel, ja, also wirklich ein

Geheimtipp, falls du die Adresse mal haben willst, ganz wunderbare Leute, die das da machen. Also er ist eher so ein rustikaler Typ, so ein Einfacher, aber ganz, ganz nett dabei, ne, und sie hat wohl mal in Berlin studiert, ist aber nicht so 'ne Aufdringliche, ne, also, das merkste schon, aber, die kommen nicht von da, ne? Also ganz geschmackvoll eingerichtet, also nicht so wie wir, ja, aber für die Gegend so, und die haben uns da einen Wein hingestellt, so etwas findest du hier gar nicht, ja? Ein Tropfen war das, und zwar inklusive, *inklusive*, einfach so dabei, ne, toll! Also, da kannste auch einfach mal so die Seele baumeln lassen, das ist Ruuuheeeee! Aber ich bin ja immer morgens laufen gegangen, du, seit ich damit angefangen hab … Ich muss ja morgens laufen, ne, ich muss dann raus, toll, aber … du musst schon zu zweit dahin, also, allein wegen der Fahrerei, ist auch gar nicht so teuer, also vergleichsweise jetzt …«

Ich nicke zuhörend. Ich erwähne nicht, dass ein Geheimtipp unter Umständen nicht geheim bleibt, wenn man Hans und Franz und mir davon erzählt. Ich sage auch nicht, dass ich es ekelhaft finde, einen Menschen zwei Minuten lang zu erleben und ihn dann gleich zweimal zu beleidigen, einmal als einfach und dann auch noch als nett. Dass ich eher Bier als Wein trinke, erwähne ich ebenfalls nicht, das sieht man. Und ich bin auch nicht so einsam, dass ich jetzt zugeben müsste, ich könnte nicht mit jemandem zusammen dort hinfahren, wegen der Fahrerei und so, und es interessiert mich auch nur ein ganz klein wenig, was diese Person sich dabei denkt, ihre Finanzen mit meinen zu vergleichen. Aber dann sieht mich diese Person so herausfordernd an, so nach Bestätigung heischend wie ein Werbeagenturchef, wie Rumpelstilzchen eben und wie all die anderen normalen Menschen, die sich einsam fühlen und meinen, ich täte das auch, also widerspreche ich nicht, stelle nicht richtig, sondern beuge mich nur langsam zu der Person hinunter und flüstere ihr ganz leise ins Ohr: »Weißt du was? Jesus wird kommen, und er wird dich ficken!«

Es klappt. Die Person ist verdattert und ich wieder sehr einsam an der Theke. Hoffentlich fange ich nicht irgendwann mit Selbstgesprächen an.

Und Adam Bronski freute sich

Manchen Menschen wird eine entwaffnende Ehrlich-
keit nachgesagt. Meine Schwester gehört nicht zu diesen Menschen. Im Gegenteil – meine Schwester ist so
furchtbar ehrlich, dass andere Leute gegen diese Ehr-
lichkeit aufrüsten. Insbesondere gilt dies für meine Eltern.

So gelang es meiner Schwester in ihrer Jugend nie,
irgendetwas Verbotenes zu tun. Sie konnte einfach nicht
anders, als vorher nachzufragen: »Mama, darf ich eine
Flasche Whisky mit zum Schulfest nehmen? – Darf ich
mir zwei Ratten kaufen, von denen ich nicht ganz sicher
bin, ob es wirklich beides Männchen sind? – Mama, darf
ich mit der Motorrad-Gang aus der Vorstadt in ihr Club-
haus fahren, die Party dauert drei Tage lang, und da bin
ich mir jetzt allerdings sehr sicher, dass alle, die auch
mitkommen, Männchen sind.«

Diese letzte Frage stellte sie an ihrem sechzehnten Geburtstag. Mit fünfzehn durfte sie bis elf Uhr abends weg-
bleiben. Als besondere Geburtstagsüberraschung wurde
ihr von diesem Tag an Ausgang nur bis zwanzig Uhr
gewährt. Sie staunte darüber, ich nicht. An jenem Tag

beschloss ich, dass Nachfragen, wenn man vorher noch gar nichts getan hatte, sehr unsinnig war. Also fragte ich im Alter von vierzehn nicht mehr. Auch mit Anregungen und Kritik hielt ich mich zurück. Gern würde ich an dieser Stelle behaupten können, dass ich zu dieser Zeit halt wenig sagte, dafür aber umso mehr machte. Stimmt leider nicht. Ich wartete eher ab und guckte, was passierte. Oder ob etwas passierte. So wollte ich mich für ein paar Jahre schonen, um dann mit Eintritt meiner Volljährigkeit auch mal was zu machen. Es klappte erstaunlich gut, nur meine Eltern machten sich ein kleines bisschen Sorgen darüber, warum ich mich so aktiv wie ein Möbelstück benahm. Es verhielt sich nämlich nicht so, dass meine Eltern uns vor jeglicher interessanter Gesellschaft fernhalten wollten. Nachdem sie recherchiert und erleichtert festgestellt hatten, dass es sich bei der Motorrad-Gang aus der Vorstadt, den legendären »Rebel Devils Gievenbeck«, um ein sehr höfliches polnisches Brüderquartett, nämlich die Bronskis, handelte, welches mangels entsprechender Führerscheine abwechselnd nur ein altes Moped durch Münsters Fußgängerzone schob, erhielten die Devils Einlass in unser elterliches Heim.

Es waren herzliche, aber ruhige Abende mit den rebellischen Teufeln. Selbst im Vergleich zu mir waren sie sehr ruhig. Meine Eltern verfolgten die Taktik der Überrumpelungsresozialisierung und erreichten damit dramatische Erfolge. Mein Vater kochte Chili con Carne und erzählte dazu peinliche Polenwitze, meine Mutter half den Teilzeitrockern, die Totenkopfembleme auf ihren Lederjacken festzunähen, und zwar »ordentlich, damit sie auch tüchtig was hielten«.

Meine Schwester legte einmal während des Essens ihre Hand auf das Knie von Adam Bronski, dem zweitältesten Bruder. Sie waren von da an zusammen, schon weil Adam nicht wegrennen konnte, so wie meine Schwester sein Knie umklammert hielt. Über Adam Bronski lässt sich sagen, dass er mehr aß, als er sagte. Das war für alle in Ordnung, denn wenn Adam Bronski mal etwas sagte, wurde schnell klar, dass er nicht das schärfste Messer des Familiensilbers war. Laut meiner Schwester knutschte er jedoch gut. Allerdings hatten weder sie noch ich echte Vergleichsmöglichkeiten auf diesem Gebiet.

Adam Bronski und seine Brüder saßen also jeden Freitag bei uns zu Hause, aßen, tranken Saftschorle und spielten *Uno* mit meinen Eltern. Meine Schwester umkrallte Adam Bronskis Knie, und ich beobachtete die Szene, wie immer gespannt darauf, dass endlich etwas passierte. Es musste doch was passieren. Immerhin waren scharfes Essen, eine komplette Rockergang und zwei minderjährige Jungfrauen am Start. Gut, dieser prekäre Cocktail aus Leichtsinn, Übermut und Hormonen wurde durch die Anwesenheit meiner Eltern, die wabernde Gemütlichkeit und das *Uno*-Spiel ein wenig abgemildert, aber trotzdem – seit wann ließ sich Satan durch ein läppisches Kartenspiel und Nachtisch-Eistorte vom *Bofrost*-Mann in die Knie zwingen?

Und eines schönen Freitagabends passierte tatsächlich etwas. Es war der 14. Februar, und Adam Bronski gewann die vierte Partie *Uno*. Adam Bronski hatte noch nie gewonnen. Adam Bronski freute sich, was man daran merkte, dass er für eine geschlagene Minute die Mundwinkel nach oben zog, völlig tonlos. Und wenn Adam Bronski sich freute, freute sich meine Schwester auch. Sie grinste ihn an, kniff noch mal kräftig in sein Knie und säuselte: »Ich hab auch noch eine Überraschung für dich!«

Adams Strahlen blieb unverändert, meine Schwester verließ das Wohnzimmer. Endlich, endlich Action! Was war das für eine sagenhafte Überraschung, die meine Schwester vorbereitet hatte? Würde sie gleich in Spitzenunterwäsche zurückkehren, oder hatte sie eine Reise nach Las Vegas organisiert? Und warum war ich als Einzige im Raum so aufgeregt? Meine Eltern und die Bronskis spielten seelenruhig weiter Karten, Adam immer noch grinsend. Keiner schien sich dafür zu interessieren, dass meine Schwester im nächsten Moment mit einem höchstwahrscheinlich überhaupt nicht jugendfreien Valentinstagsgeschenk zurückkehren würde. Und da stand sie auch schon wieder im Türrahmen, vollständig bekleidet, mit einem Päckchen in der Hand.

»Alles … äh … Gute zum Valentinstag!«, sagte sie und drückte Adam das Paket in die Hand.

Adam Bronski sah meine Schwester geradezu erschüttert an und fragte dann ehrlich erstaunt: »Für mich?«

Dann begann Adam Bronski damit, das Päckchen aufzuschnüren, als wäre er fünf Jahre alt und hätte gerade sein erstes *Werthers Echtes* bekommen. Es war kein Ticket nach Vegas, es war keine Death-Metal-CD, keine schlüpfrige Unterwäsche und schon gar kein Totenschädel. Es war eine Tasse. Auf dieser Tasse prangte eine riesige, hässliche Fratze: die *Diddl*-Maus. Aus einer Sprechblase fragte das impertinente Biest »Weißt du eigentlich, wie doll ich dich lieb habe?«

Adam Bronski starrte die Tasse an. Krystof Bronski nahm die Tasse in die Hand und meinte: »Oh, wie süß, so eine hat mir die Vivien auch mal geschenkt.«

Adam Bronski starrte die Tasse an.

Marek Bronski wollte seinem paralysierten Bruder helfen und schlug vor: »Adam, schau, wie praktisch, du trinkst doch so gerne aus … Tassen.«

Adam Bronski starrte die Tasse an.

Endlich sagte Adam Bronski: »Ich kenne dieses Tier nicht. Warum hat es mich lieb?«

Das war's. Weder meine Schwester noch meine Eltern, noch die restlichen Bronski-Brüder sahen sich imstande, Adam Bronski irgendeine aufklärende Antwort auf diese äußerst investigative Frage zu geben. Schließlich nahm meine Schwester wieder Adams Knie an sich und sagte tapfer: »Komm, Baby, lass uns weiterspielen.«

Das taten sie dann auch.

Ich entschuldigte mich bei der Runde, ging in mein Zimmer und trauerte. Das war die mit Abstand deprimierendste Valentinstagsaktion der Weltgeschichte gewesen. Ich war in einer Wohnung mit seelenlosen Zombies gefangen und mit der Hälfte von ihnen war ich auch noch direkterdings verwandt. Und ich selbst war auch nicht besser. So konnte es nicht weitergehen. Also ging ich kurz mal vor die Tür, auf die Suche nach *echtem* Leben.

Ich watschelte durch unser Viertel, immer näher an die Stadtpromenade heran, die tagsüber ein echter Besuchermagnet war, des Nachts aber an Gruseligkeit gewann, hauptsächlich weil man die Hundekacke dann nicht sehen konnte. Aber das reichte mir in dieser Nacht nicht aus, ich wollte mehr erleben. Ich ging weiter und passierte das so genannte Schwulenwäldchen. Das war schon aufregender, immerhin lagen da Kondome rum. Sonst niemand. Wahrscheinlich feierten wenigstens die Schwulen einen Valentinstag, wie es sich gehörte.

Ich marschierte weiter, Richtung Schlossgarten. Da durfte man nun wirklich nicht hin, nicht nach zehn, denn dann war das Tor abgeschlossen. Ich kletterte über den Zaun. Dann stand ich eine Weile auf der anderen Seite des Zauns. Dann kletterte ich wieder herüber, weil es doch *zu* verboten war. Als ich gerade wieder auf der anderen Seite stand, sprang eine Gestalt über den Zaun, packte mich am Arm und sagte: »Lauf, komm, lauf!«

Die Gestalt und ich rannten in Richtung Müllcontainer. Die Gestalt trug eine Art Cape, das sie sich offensichtlich aus einem dunklen Betttuch geknüpft hatte, denn während wir rannten, fiel mein Blick auf das *Ikea*-Wäscheetikett. Außerdem hatte die Gestalt einen Jute-Beutel dabei und stank bestialisch nach Abfall. Erst als wir endlich an den Containern standen, merkte ich, dass wir nicht nur so wildromantisch herumrannten, sondern tatsächlich verfolgt wurden. Der Parkwächter stolperte hinter uns her. Ausgerüstet mit einer winzigen Taschenlampe schrie er: »Ich krieg dich, du Sau, du!«

Aber er kriegte uns nicht. Die Gestalt öffnete den Container für Restmüll, und wir sprangen hinein.

Völlig routiniert, als wäre das nicht meine erste Verfolgungsjagd gewesen, hielt ich den Mund und begann, ebenfalls nach Abfall zu stinken.

Nach zwanzig Minuten öffnete die Gestalt den Deckel. Der Parkwächter war nirgendwo zu sehen. Ich streckte meinen Kopf aus der Luke und war erst einmal mit Atmen beschäftigt. Die Gestalt tat dasselbe, lupfte dabei ihr Cape und entpuppte sich als jemand, den ich kannte. Zwei Jahre zuvor war er von meiner Schule geflogen, das war selten genug, deswegen hatte ich mir auch seinen Namen gemerkt. Holger Soundso, aber seine Freunde hatten ihn damals immer nur Chucky genannt. Das wiederum hatte ich mir merken können, weil unser Hund genauso hieß.

Von der Straßenlaterne fiel etwas Licht auf uns. Chucky sah mich an und meinte: »Was machst du denn um die Uhrzeit hier im Park?«

Die Frage war so blöd, dass ich mich genötigt sah, in die Offensive zu gehen: »Warum stinkst du eigentlich so?«

Chucky antwortete nicht sofort. Er zündete sich eine Kippe an und sagte: »Das war so eine Valentinstagsaktion. Ich habe mir Rinderherzen vom Schlachthof besorgt. Und die habe ich dann auf die knutschenden Paare im botanischen Garten geworfen. Beim Wegrennen musste ich leider meine Maske und die Sense fallen lassen, da ging der Effekt ein bisschen verloren. – War so politisch gemeint, weißte?«

Und ich glaubte, bei mir zu Hause wären sie schon komisch drauf!

Mühsam kletterte ich aus dem Container, und Holger folgte meinem Beispiel. Die restlichen Rinderherzen und das zerfetzte Cape ließen wir zurück. Ich klopfte mir den Dreck von den Klamotten, und wir marschierten Richtung Hauptstraße. Holger musterte mich.

»Sag mal, hast du eigentlich keine Angst, so um die Uhrzeit so allein?«

In dem Moment, da er das Thema ansprach, hatte ich plötzlich tatsächlich ein kleines bisschen Schiss. Es war weit nach elf, es war ein weiter Weg nach Hause, und es war saukalt. Außerdem stank ich dermaßen nach Müll, dass es schwierig werden würde, unauffällig ins Haus zu gelangen.

Da erst fiel mir auf, dass Chucky noch etwas anderes meinen könnte. Ich war ja nicht wirklich allein, sondern zusammen mit einem gesuchten Rinderherzenwerfer im *Ikea*-Betttuch unterwegs. Wer solche *Aktionen* durchzog, hatte vielleicht noch ganz andere Dinge im Kopf.

»Wollen wir mal zusammen ins Kino?«, bestätigte Holger meine Ahnung.

Er sagte das so ganz cool, ganz nebenbei und latschte weiter, als hätte er es gar nicht gesagt.

Ich wollte also auch etwas Lässiges sagen, ohne ihm direkt zu antworten, etwas, was mich geheimnisvoll machen, mich aber auch als Wissende, die fast täglich solche Aktionen durchzog, outen sollte. Also sagte ich ziemlich bemüht wie nebenbei: »Ich hatte mal 'n Hund, der so hieß wie du.«

Es ist kein wirklich ermutigendes Geräusch, wenn jemand, den du kaum kennst, ernsthaft nach Luft ringt, um dann keuchend hervorzubrüllen: »Das ist ja wohl völlig krank! Wer nennt seinen Hund denn Holger?«

Holger, formerly known as Chucky, sah mich jetzt vollkommen fassungslos an. Ich dachte noch, dass er im nächsten Moment anfangen würde zu lachen. Tat er aber nicht. Wahrscheinlich nannte er sich gar nicht mehr Chucky, konnte sich auch nicht mehr daran erinnern, jemals so geheißen zu haben, studierte heimlich BWL, und die Rinderherzen hatte er nur geworfen, weil er neidisch auf die Pärchen im Park gewesen war.

Holger stand da, wartete auf eine Erklärung von mir, so wie vor wenigen Stunden Adam Bronski dagesessen und auf eine Erklärung gewartet hatte, warum die *Diddl*-Maus ihn so doll lieb habe. Aber ich hielt mich davor zurück, Holger an das Knie zu fassen und zu sagen: »Komm, Baby, wir spielen weiter.« Ich drehte mich einfach bloß um und rannte das kurze Stück weiter nach Hause. Dort vergaß ich, durchs Fenster zu klettern und klingelte stattdessen. Zu meiner Überraschung öffnete meine Mutter mir aufgeregt die Tür, ein Glas Sekt in der Hand, mindestens drei im Blutkreislauf, und rief: »Tinka, du hast was verpasst. Adam Bronski hat die doofe Tasse fallen lassen, daraufhin hat deine Schwester sein Knie losgelassen. Die beiden sind nicht mehr zusammen, und wir trinken gerade ein Sektchen darauf. Möchtest du auch einen?«

»Nein, danke«, erwiderte ich müde und schlurfte Richtung Bett.

»Danke, dass du noch den Müll rausgebracht hast, wäre nicht nötig gewesen!«, rief meine Mutter noch, und ich fragte mich, wie lange es noch dauern sollte, bis ich endlich zum richtigen Zeitpunkt am richtigen Ort sein würde, da nämlich, wo die Action ist. Muss ja nicht politisch sein oder so, weißte?

Wenn ich ein Mädchen wär

Alle kleinen Mädchen wollen ein Pferd haben. Die meisten erholen sich so gegen zwölf von dieser Idee und wünschen sich dann doch lieber einen Freund, der aussieht wie ein Prinz mit vollem, dunklem Haar.

Wenn es nicht so gut läuft, sparen die Mädchen Geld, bis sie dreißig sind, kaufen sich dann ein Pferd, nennen es »Prinz« und züchten die beliebten dunklen Haare selbst, unter ihrer Oberlippe.

Mein Problem war von Anfang an, dass ich kein Pferd haben wollte. Ich wollte ein Pferd sein.

Während meine Reiterhof-Freundinnen ganz wild darauf waren, sich in den Sattel zu schwingen, Dressurkunststückchen zu erlernen und an Turnieren teilzunehmen, stand ich einfach nur auf der Weide. Ich empfand diese Beschäftigung als ungeheuer beruhigend, vor allem, wenn noch andere Pferde mit mir auf der Weide waren. Ich spürte, dass sie mich akzeptierten, an der vertrauten Art, in der sie sich an mir schubberten, wenn ihnen das Fell juckte. Vielleicht war ich für sie kein echtes Pferd, aber doch wenigstens ein schlauer Baum und nicht eins von diesen grässlichen kleinen Mädchen.

Als ich zwölf wurde, sah ich den Film »Gorillas im Nebel«, der völlig ohne Prinzen auskam, dafür aber eine konkrete Botschaft an mich richtete: »Du kannst nicht einer anderen Spezies angehören, und wenn du es doch versuchst, spielt dir irgendwann Sigourney Weaver dein verpatztes Leben vor und erhält dafür noch einen Oscar.«

Heute, mit über dreißig, wünsche ich mir manchmal, ich wäre ein echtes Mädchen geworden, eines, das heute immer noch ein Mädchen ist. Also gehe ich wieder hinaus, auf die Weiden dieser Welt und stelle mich unauffällig dazu.

Echte dreißigjährige Mädchen, also solche, wie ich eins werden möchte, kann man am besten in ihren Arbeitswelten studieren. Diese sind an sich schon ein Naturphänomen: Sie befinden sich stets in jenen Vierteln einer Großstadt, die schwer im Kommen sind. Meistens sogar so schwer im Kommen, dass sie es nie ganz schaffen werden. Genau dort aber können die Mädchen mit ihrem Nestbau beginnen. Instinktiv finden sie ein abgewracktes Ladenlokal im Souterrain, aus dem man mit viel Liebe etwas machen kann. Und sie machen immer einen Taschenladen daraus. Ein richtiges Mädchen-Lädchen. Und neben diesen selbst entworfenen, riesigen Taschen entstehen in den dem Lädchen angeschlossenen Werkstätten auch noch winzige, niedliche Röckchen. So werden andere echte Mädchen angelockt, die sich aber schweren Aufnahmeprüfungen unterziehen müssen, bevor sie ein Stück aus der Mädchen-Lädchen-Kollektion ihr Eigen nennen dürfen. Denn ein echtes Mädchen-

Lädchen hat nur mittwochs von elf bis drei geöffnet, außer, man steht zufällig an einem Mittwoch davor, dann hat es Ferien. Sollte man aber die wenigen Minuten des Tages erwischen, an dem das Chef-Lädchen-Mädchen eine Audienz gewährt, gibt es nur eine Parole, die einem zum tatsächlichen Eintritt in ihr Reich gewährt. Und diese lautet bestimmt nicht: »Ich schau mich nur um«, oder: »Guck mal, das ist doch so ähnlich wie der Kram, den die Anne-Marie damals gemacht hat.« Die einzige Möglichkeit, unbeschadet in solche Lädchen hineinzugelangen, besteht darin, erstarrt auf der ersten Stufe stehen zu bleiben und dann so ergriffen wie möglich zu rufen: »Das ist ja unglaublich, wie viel Arbeit dahintersteckt. Und Kreativität! Das hat ja so was gaaaaaanz Eigenes. Toll!«

Einem echten Mädchen wird dieser Teil der Integration keinerlei Probleme bereiten. Direkt im Anschluss schnappt es sich zwei, drei der winzigen Röckchen und überlegt angestrengt, ob es zwei oder drei von ihnen erwerben will, denn obwohl sie alle total unterschiedlich sind, passen sie perfekt zu den karierten Schnürstiefeln, die es sich in der Woche zuvor geleistet hat. Entscheidet es sich schließlich für drei der gestreiften Stofffetzen, bekommt es von der Chefin höchstpersönlich noch einen fragwürdigen Button geschenkt, der aus einem alten Waschlappen gefertigt wurde und regulär zwölf Euro kostet. Im Idealfall beschließen das Chef-Mädchen und das Einkaufsmädchen, mal etwas zusammen zu machen, denn das Einkaufsmädchen kennt sich zufällig mit dem Gestalten von Internetseiten ein wenig aus, und es wird sich geeinigt, wie wichtig Networking sei.

Solcherlei Szenen beobachte ich neidisch, versteckt hinter einem Bündel riesiger Taschen, hinter das ich unbeobachtet gehuscht bin, als die Ladeninhaberin am Telefon ihren Pilates-Termin hat bestätigen lassen. Ich bin so neidisch, dass ich laut aufschluchze und die beiden neuen Freundinnen mich entdecken. Sie rümpfen die Näschen und mustern mich, als sei ich ein stinkender Berggorilla, der in ein kleines, privates Reservoir niedlicher Affenforscherinnen eingefallen ist.

Um der peinlichen Situation zu entkommen, schaffe ich es, mir das einzige nicht selbst gestaltete Stück im gesamten Laden (ein paar Socken) zu schnappen, um damit an der Kasse nachträglich mein Eintrittsgeld für die Show zu bezahlen. In der Art, wie das Chef-Mädchen »Hast du die neunzehn Euro nicht passend, das ist jetzt wirklich ungünstig!« sagt, bemerke ich schnell, dass ich in ihrem Ansehen vom Silberrücken zum Sittenstrolch gesunken bin. Hastig entferne ich mich also aus dem Laden, dem schwer im Kommen begriffenen Viertel der Stadt, und verstecke mich in meinem Bau. Wäre ich etwas pervers, würde ich dort wahrscheinlich an meinen neu erstandenen Socken schnuppern, bis ich den letzten, zarten Hauch von Mädchen-Lädchen-Duft eingesogen hätte. Aber ich bin nun einmal eine hundertprozentige Masochistin und schaue mir »Die fabelhafte Welt der Amelie« an.

Mir ist bewusst, wie echte Mädchen auf diesen Film reagieren. Sie seufzen an den richtigen Stellen und sagen: »Die Farben sind einzigartig! Was für Bilder!«

Ich denke: »Warum schafft es selbst ein eindeutig

vollkommen autistisches Wesen, sich so entzückend zu kleiden? Warum hat ihr verkorkstes Leben sie nicht schwerfällig und depressiv gemacht? Warum hat sie keine großen, grauen Ringe unter ihren traurigen Augen? Und warum bin ich nicht so ein Geschöpf?«

Dabei kann ich es mir doch ganz genau vorstellen, so zu sein, ein echtes Mädchen, ein Leben lang:

Einem taubetropften Blütenkelch wäre ich entsprungen, meine Mutter hätte Grazie, mein Vater Anmut geheißen. Neben meiner Gestalt würde selbst die der jungen Audrey Hepburn etwas linkisch wirken. Bei meinem Anblick müsste sich die Männerwelt kollektiv und unisono eingestehen, dass Natalie Imbruglia zwar eine nette Eintagsfliege ist, ich hingegen das Platinalbum bin. Trotzdem verstünde ich es, nicht eitel zu wirken. Selbst scheußliche Kurzhaarfrisuren stünden mir bezaubernd zu Gesicht, ich könnte Röcke tragen, gefertigt aus einem Stoff, der im Mittelalter zur Herstellung von Pestleichensäcken verwendet wurde, und auch darin noch umwerfend aussehen. Verdammt, wenn ich so ein Mädchen wäre, könnte ich sogar Lerngruppen an der Fachhochschule organisieren und dabei sexy wirken. Geheimnisvoll sexy, selbstverständlich. Die Männer, die bei meinem Anblick in Verzückung gerieten, gelüstete es nicht danach, mit mir eine schnelle Nummer im Kopierraum zu schieben, nein, sie würden behutsam ein winziges Stück meines Herzens zu erobern versuchen, zum Ausgleich dafür, dass ich ihnen die Seele geraubt hätte durch mein kurzes, schüchternes Lächeln. Sie würden danach lechzen, mich auf restaurierten Vespas durch die Stadt zu chauffieren, zu den Flohmärkten, die noch absolute Geheimtipps sind, wo ich dann herrlich alte Möbel fände, die sie mir dann dankbar in den achten Stock meiner Altbauwohnung schleppten. Diese Männer würden sich nichts sehnlicher wünschen, als dass ich ein Problem hätte, vielleicht mit meinem Vermieter, den sie dann vor meinen Augen in einem kurzen Faustkampf niederstreckten. Zum Lohn striche ich ihnen dann über die Frisur, leise mahnend, dass Gewalt keine Lösung sei und ich über unsere Beziehung nachdenken müsse. Allein die Tatsache, dass ich im Zusammenhang mit ihnen das Wort »Beziehung« erwähnt hätte, machte diese Männer auf ewig so glücklich, dass ich sie auf eine Schnur fädeln und als ewig strahlende Energiespar-Lichterkette verwenden könnte. Allerdings hätte ich nie Probleme mit meinem Vermieter, der ein herzlicher, alter Mann mit rundem Gesicht wäre und mir jeden Morgen, wenn ich dem Haus entschwebte, eine saftige Grapefruit in die Hand drückte, die er mit einem duftigen Stofftuch abgerieben hätte, bis sie glänzte.

Diese Grapefruit übrigens würde genügen, mich den ganzen Tag über am Schweben zu halten. Abends dagegen könnte ich immer wie ein Löwe essen, täte es auch, in süßen Restaurants mit ungarischer Großmutter vor dem Holzofen. Meine Begleiter hätten dann Gelegenheit, herzhaft und anerkennend zu lachen und sich zu wundern, was alles in dieses zarte Persönchen hineinpasse. Käme es dann doch zum Austausch von Intimitäten, wären diese zwar unendlich leidenschaftlich, aber auch von kosmischer Reinheit. Ich würde an den rich-

tigen Stellen schwitzen und der ganze Akt dem Liebes-
tanz von Zauberschwänen gleichen.

Wenn es dann vorüber wäre, zöge ich mir einen grob-
maschigen, braunen Wollpullover über die Knie, rauchte
elegant und würde nachdenklich etwas sagen wie: »Das
Leben ist so flüchtig. Nur ein Atemhauch.«

Von so viel Einfühlsamkeit und Timing beeindruckt,
wüsste der richtige Gespiele dann die einzige passende
Antwort zu entgegnen, nämlich: »Stürbe ich jetzt, ich
stürbe glücklich.«

Die anschließende Diskussion über politische Gefan-
gene im Iran wirkte keinesfalls aufgesetzt, sondern ver-
antwortungsbewusst.

So im inneren Einverständnis mit mir, dem Mann und
meiner selbst beschlösse ich eines Tages, vollendet um
meine Hand bitten zu lassen, zwei Kinder zu gebären,
die dank ihrer guten Gene und Umsichtigkeit keinerlei Spuren in meinem Bindegewebe hinterließen, und
schließlich der großen Stadt den Rücken zuzuwenden.
Allein bei meinen Vernissagen und zu karikativen An-
lässen kehrte ich zurück. Im Alter von achtzig würde ich
noch mädchenhaft lachen, wenn ein Fremder errötend
zugäbe, er habe meine Enkeltochter für meine jüngere
Schwester gehalten.

»Es ist die Bildhauerei, die mich jung erhält«, flötete
ich in einem solchen Fall für gewöhnlich, »und natürlich
Serge, der mir immer noch jeden Wunsch von den Lippen abliest.«

Nach meinem Tode läge jede Woche eine frische Gar-
denie auf meinem Grab. Keine Rose, denn meine Ab-

neigung gegen Kitsch jeglicher Art wäre noch Generationen später landauf, landab bekannt.

Doch ich stand zu lange auf der Weide. Vielleicht bin ich dadurch kein echtes Pferd geworden, aber ein Mädchen werde ich nimmermehr sein, auch wenn ich in ihre Läden stolpere, mich in Kaffeehäusern an ihre Nachbartische setze und ihre Gespräche heimlich stenografiere. Zöge ich mir ihre raffinierten Röckchen an, sähe ich aus wie eine Pestleiche, furchtbare Kurzhaarfrisuren sehen an mir aus wie furchtbare Kurzhaarfrisuren. Neben mir wirkte Natalie Imbruglia nicht wie ein überschätztes Piepsmäuschen, sondern wie eine stimmgewaltige Elfe. Hätte ich einen realen Vermieter und keine dubiose dänische Wohnungsverwaltungsgesellschaft, würde er des Morgens nicht mit frischen Grapefruits auf mich warten, sondern sein Bauernfrühstück in Sicherheit bringen, denn ich kann bereits um neun Uhr morgens aussehen wie ein hungriger, sehr entschlossener Wolf. Und keiner der Männer, die ich rein hypothetisch gerne mal vernaschen würde, macht sich Gedanken darüber, ob ein Überraschungspicknick an einem Frühlingstag mich heiter zu stimmen vermag, sie fragen mich eher, ob ich ihnen beim Umzug helfen kann. Anders als ich wohnen diese Männer in Altbauten, und meine Aufgabe besteht in der Regel darin, ihre Plattensammlung in die sechste Etage zu schleppen. Selbst wenn es dabei zu zufälligen Intimitäten kommen sollte, schwitzte ich schon vorher an den falschen Stellen, und wäre zufällig ein grobgestrickter Wollpullover zur Hand, den ich mir nach dem unwürdigen Gewusel über die Knie ziehen könnte, sähe ich dabei aus wie *Bernd, das Brot* beim Crack-Konsum, und mein Gespiele röchelte bei meinem Anblick: »Ich würde dann jetzt gerne sterben.«

Während ich sehr unschön vor dem Fernseher in Selbstmitleid zerfließe, kommt mein Bruder ins Zimmer. Wenn ich ein Junge wär', wär' ich gern wie er, aber mit vollem dunklen Haar.

Mein Bruder besitzt genügend Selbstbewusstsein, um auch vor seiner Angebeteten, nicht nur vor seiner zerfließenden Schwester, den Film »Die wunderbare Welt der Amelie« so zu kommentieren, wie er es jetzt tut: »Och nee, ne?«

Dennoch hat er genug Einfühlungsvermögen, um sich neben mich zu setzen und mich sein Bier mit den Zähnen öffnen zu lassen. Amelie schaut uns so ausdrucksvoll an, dass wir beide keine blasse Ahnung haben, was ihr Blick genau ausdrücken soll. Und dann sagt sie etwas, etwas Mädchenhaftes, was ich nicht verstehe, weil mein Bruder grad dazwischengrölt: »Hey, mit leerer Bluse spricht man nicht!«

Darüber können wir beide so ausdauernd lachen, bis der Film endlich vorbei ist und »Die Harder« beginnt. Schade, jetzt habe ich die Szene verpasst, in der das Pferd die Radfahrer überholt. Ich mag dieses Pferd. Weil es einfach seine Weide verlässt und sein Ding durchzieht. Es sieht nicht aus, als würde es »Prinz« heißen oder kleine Mädchen gernhaben. Es sieht aus, als wäre es ihm ganz egal, ob es ein Pferd ist oder nicht. Es will nur das Rennen machen, das ist alles.

Natterascha

Da meine Mutter behauptete, auf Nagetiere aller Art allergisch zu reagieren, holten wir uns Austauschschülerinnen ins Haus. Erst wenn wir bewiesen, dass wir in der Lage wären, diese zu versorgen, käme vielleicht ein neuer Hund infrage.

Zuerst bekamen wir Polinnen zugewiesen, immer zwei auf einmal, in unregelmäßigen Abständen. Da wir sie laut Merkblatt nie länger als vier Tage bei uns aufnehmen würden, sie nicht mit uns sprachen und sie sich allesamt erschütternd ähnlich sahen, verzichteten wir darauf, ihre Namen erfahren zu wollen. Allein mein Bruder, dem gerade seine unsichtbaren Freunde ausgegangen waren, behauptete, sie voneinander unterscheiden zu können. Wenn sie in aller Stille frühmorgens das Haus verließen, um sich von ihrer Reiseleitung durch die Kirchen Münsters scheuchen zu lassen, erfand er neue Namen für sie und behauptete, sehr wohl erkannt zu haben, ob gerade »Goldie« oder »Swimmy« unbemerkt wieder durch die Tür gehuscht sei, um sich die Nacht über hinter den Pflanzen im Gästezimmer zu verstecken.

Emotional wurden die polnischen Fische erst am Tag

ihrer Abreise, wenn sie meine Mutter stürmisch umarmten und ihr ausgesuchte Gastgeschenke überreichten, wie etwa einen Bildband über den Papst oder eine Wagenladung Spitzenzierdeckchen. Viel mehr haben wir nie über das geheime Leben der Polinnen erfahren. Einmal entdeckten wir hinter dem Ficus einen Wasserkocher und eine leere Tüte Fertig-Soljanka. Wir Kinder waren froh, ein Zeichen für wenigstens nächtliche Aktivität gefunden zu haben, und hielten den Ansatz von Nestbau für ein gutes Zeichen. Unsere Mutter aber schimpfte den halben Tag lang über das arme Mädchen, fragte sich und den Rest der Welt, ob es vielleicht in unserem Hause nicht ausreichend oder nahrhaft genug zu essen gäbe und ob man sich in gewissen Ländern nicht der Gefahr bewusst wäre, die elektrische Küchengeräte auf Teppichen heraufbeschwören könnten. Dann nahm sie den Stapel Zettel zur Hand, den wir neben dem Telefon aufbewahrten. Darauf waren die Adressen sämtlicher Gäste notiert, und meine Mutter grübelte lange, ob sie nun Jolanta, Martha, Agnes oder Daria den Wasserkocher zusenden sollte. Schließlich obsiegte die Scham. Sie verschickte vier nagelneue Wasserkocher in den Ostblock. Außerdem besorgte sie einen schmucken Karteikasten für die Zettel. Neuzugänge in unserer Austauschagentur wurden nur noch mit Foto archiviert. Das System erwies sich nützlich zur nachträglichen Fischbestimmung, aber gegen die Unzulänglichkeiten höher entwickelten Austauschgetiers versagte es kläglich.

Krallenfrösche waren die Mädchen, die von uns aufgrund unvorsichtiger Teilnahme an mediterranen

Sprachkursen an unserer Schule tagelang bespaßt werden mussten. Meine Schwester bekam bei jeder Runde jene Kaliber zugeteilt, die nicht erst »Trouble« auf ihr T-Shirt schreiben mussten. Die meisten aber taten es dennoch.

»Bitte nicht die, die die ganze Zeit ihren Kaugummi um den Finger wickelt«, beteten wir. Aber natürlich war es immer Graziella oder Felicitas, die sich kurz und kuhäugig über den seltsamen Namen meiner Schwester wunderte, hysterisch Frederico oder Alexandro abknutschte, sich dann aus der Gruppe vor dem Reisebus löste und auf meine Familie zutrottete, als ginge es zur Darmkrebsvorsorgeuntersuchung.

Krallenfrosch-Mädchen folgten immer ihren arttypischen Instinkten, um ihren Aufenthalt bei uns zu überleben. Unsere Wohnung betrachteten sie als Winter, als eine Art von Tiefkühlfach. Sie erstarrten dort, zeigten in geselligen Momenten mal auf etwas, was sie essen oder zur Kosmetik benutzen wollten, und tauten erst wieder auf, wenn sie ein Mitglied aus ihrem Teich in der Stadt erspähten. Dann hüpften sie aufgeregt herum, quakten und balzten. Wenn die Krallenfroschmädchen dann wieder bei uns zu Hause einkehrten, schlossen sie sich stundenlang im Badezimmer ein.

»Wahrscheinlich, um abzulaichen«, mutmaßte meine Mutter. Später mussten wir jedoch feststellen, dass die Badezimmersessionen ausschließlich Kommunikationszwecken gedient hatten. Nachdem unsere Telefonrechnung sechs neunzigminütige Gespräche nach Florenz aufwies, platzte meiner Mutter der Kragen.

»Keine Experimente mehr!«, schrie sie, und wir Kinder frohlockten. Keine fremden Menschen mehr, die bei uns Geige übten, uns unsere Zimmer raubten oder ihre Reisekrankheit ausdehnten. Keine nervtötenden Veranstaltungen in der Schulaula, keine vergessenen oder entführten Haarbürsten, keine niedere Lebensform mehr. Keine Graziellas oder Olgas, sondern endlich einen Bello, einen Chico oder eine Princess.

Zu unserem Schrecken beendete meine Mutter ihren Satz folgenschwer mit den Worten: »Die armen Mädchen haben einfach keine Zeit, sich vernünftig bei uns einzugewöhnen. Wie sollen sie denn in drei Wochen lernen, wie man einen Duschvorhang benutzt und *Bitte!* sagt? Ein Vierteljahr wird man dazu schon brauchen.«

So gerieten wir an Natascha. Ihre Briefe wirkten höflich und zurückhaltend, das beigelegte Foto stimmte uns milde. Ihr wuscheliger Lockenkopf und ihr schüchternes Lächeln ließen sie harmlos erscheinen. Meine Geschwister und ich waren sicher, ihr mit ein paar Leckerlis die Grundkommandos wie »Sitz!« und »Pfui!« beibringen zu können. Wir dachten tatsächlich, dass wir die Evolution austricksen und einfach zwei Stufen überspringen könnten.

In dem Moment allerdings, in dem Natascha die Türschwelle übertrat, war uns klar: Wir hatten uns eine Schlange ins Haus geholt.

»Das werde ich nicht essen!«, waren die ersten Worte, die Natascha an meine verdutzte Mutter richtete. Natürlich sagte sie diese Worte in jener selbst ausgedachten Sprache, die Franko-Kanadier für Englisch halten. »Ei

49

ähm noooot going to iiet sisssss!«, züngelte das Ottern-
gezücht also zur Begrüßung, und meine Mutter stand
hilflos mit ausgestreckter rechter Hand da, in der linken
die Käsesahnetorte, die nur an hohen Festtagen gereicht
wurde.

Bevor meine Mutter also zu einer entsprechenden
Antwort fähig war, wie etwa Natascha die Torte ins Gesicht zu feuern, blickte diese abschätzig auf uns herab.
Ein Trick, den ich bis heute an ihr bewundere, denn sie
war einen Kopf kleiner als wir alle.

»Sisss stuff makes you fatt!«, konstatierte Natascha,
und wir alle, ausgenommen mein Vater, der Englisch-
lehrer war und tatsächlich ein bisschen korpulent, verstand ihre subtile Anmerkung sofort.

Bevor wir sie jedoch aus diesem Grunde aus tiefstem
Herzen hassen konnten, holte sie zum nächsten Schlag
gegen uns aus:

»Da keiner hier meine Sprache oder auch nur die eng-
lische versteht, werde ich wohl ein bisschen besser deutsche Sprache lernen müssen, nicht wahr?«

Dann stolzierte sie in das Zimmer, das sie für das ihre
hielt.

Wir hielten sie nicht zurück. Stattdessen fasste jeder
von uns einen ziemlich konkreten Plan, wie er die folgenden drei Monate zu überleben gedachte.

Meine Schwester flüchtete sich in altersbedingte Be-
schwerden: Sie beschloss, sich von nun an nicht entschei-
den zu können, ob sie ihre ganze Liebe auf ihren Tennis-
lehrer konzentrieren oder sich doch besser bis zur Ehe
mit Jon Bon Jovi aufsparen sollte. Dieser Zwiespalt der

unerwiderten Gefühle sollte ausreichen, um ein Vierteljahr lang darüber hinwegzusehen, dass eine Schlange in ihrem Bett lag.

Mein Bruder behauptete plötzlich, einer Sportart namens Hockey zu frönen, und nach einigem Suchen fand er schließlich einen Schläger und einen Verein, der keine Fragen stellte.

Unsere Mutter dagegen dachte zunächst, sie könne das Biest einfach aushungern, dann aber musste sie geschlussfolgert haben, dass Natascha vielleicht unmittelbar vor dem Abflug in Kanada eine junge Ziege verspeist haben könnte und die Zeit bei uns dennoch ohne Mühe überleben würde. Also fiel ihr ein, dass sie meinen Bruder schon immer zu seinen Hockeyspielen hingefahren hatte, die von nun an jeden Nachmittag stattfanden.

Ich für meinen Teil hielt es für ratsam, mir tagsüber Kirchen anzusehen und mich abends hinter dem Ficus zu verstecken. Als ich gerade aufstehen wollte, um den Wasserkocher aus der Küche zu holen, hielt mich mein Vater zurück: »Was für ein nettes Mädchen! Und so sprachbegabt.«

Ehrlich erfreut griff er nach einem zweiten Stück Torte. Meine Schwester und ich lachten herzlich. Mein Vater nicht. Verwundert sah er uns an. Uns wurde klar, was geschehen war: Natascha hatte ihn auf dem Weg vom Flughafen gebissen und vergiftet, jetzt gab es nur folgende Optionen: als Familie zusammenzuhalten oder meinem Vater das infizierte Körperteil, sein Hirn, zu amputieren.

Letztlich entschieden wir, dass wir verwandt genug

miteinander waren, um meinen Vater zu retten. Derweil verspritzte die Natter weiter ihr Gift. Natascha schleimte sich bei meinem Vater ein, heuchelte Interesse für sein abstruses Hobby, dem Polieren von Zinnsoldaten, und täuschte ihm gekonnt vor, auch den Rest unserer Familie zu mögen. Doch sobald er aus dem Haus war, zeigte sie uns ihr wahres Gesicht. Sie drohte meiner Mutter damit, Amnesty International zu kontaktieren, wenn sie nicht jeden Abend ausschließlich rohen Brokkoli mit Ahornsirup serviere, beschimpfte meine Schwester als dummes Flittchen und behandelte meinen Bruder wie ein Geschwür. All dies konnte ich aus meinen sicheren Verstecken hinter den Zimmerpflanzen beobachten. Obwohl ich alles petzte, weigerte sich mein Vater, Natascha nach Übersee zu verbannen.

»Sie kommt aus einem anderen Kulturkreis«, beschwichtigte er uns, »ich bin sicher, wir alle können noch eine Menge von ihr lernen.«

Also lernten wir, dass die Kanadier nicht nur völlig wild auf das Abholzen gigantischer Wälder waren, sondern auch stets im Kleinen bemüht, der Umwelt jederzeit den Garaus zu machen. Fasziniert sahen wir dem Ritual der Tischtennisschlägerpflege zu, das Natascha mit religiöser Hingabe vollzog. Sie verbrauchte eine riesige Flasche atemwegverkleisterndes Spray für die Schlagfläche, jeden Abend. Die Ozonschicht wich, die Augen tränten, der Ficus welkte. Auf meine schüchterne Frage, ob Natascha schon einmal etwas von FCKW gehört habe, ließ sie mich auf die ihr eigene charmante Art wissen: »Hör zu, du Öko-Freak, reiß dein Maul nicht so weit auf, weil ich ein paar Fliegen töte. Es sind ja keine sechs Millionen Juden, nicht wahr?«

Dafür, dass sie erst eine Woche im Land war, war sie ziemlich gut informiert.

In der Öffentlichkeit war Natascha der Liebreiz in Person. Sie freundete sich absichtlich mit jenen Schnepfen an, die wir schon zu Kindergartenzeiten gehasst hatten, und brachte diese mit zu uns nach Hause. Zwischen ausgedehnten Tischtennisspielen vergaß Natascha nie, ihren neuen Freundinnen Lügengeschichten über uns zu erzählen, und obwohl ich seit Nataschas Ankunft Demütigung gewohnt war, hatte es doch eine ganz neue Qualität, ausgerechnet von der hysterischen Dörte Mehlmann über meine angebliche Vorliebe für illegale Rauschmittel zu hören, die Natascha in meinem Ficus gefunden haben wollte.

Als unsere Mutter davon erfuhr, fragte sie telefonisch bei Mehlmanns nach, ob es möglich wäre, dass Dörte und Natascha ihre nächsten Treffen bei ihnen abhalten könnten, vielleicht für ein, zwei Monate. Obwohl unsere Mutter noch die Tischtennisplatte drauflegen wollte, um den Deal für Mehlmanns interessanter zu gestalten, sagten diese dankend ab, angeblich aus Platzmangel.

Als meine Schwester daraufhin scherzhaft ermunternd vorschlug, dass wir das Gästezimmer ja einfach zumauern könnten, um ebenfalls Platzmangel zu simulieren, konnte sich unsere Mutter erschreckend schnell für das Projekt erwärmen:

»Ja, das machen wir. Wenn sie darin schläft. Sie muss ja irgendwann schlafen, oder? Eurem Vater sagen wir, sie wäre weggelaufen. Mit seinen Zinnsoldaten. Wir werden uns dann alle eine Weile trennen müssen, bis Gras über die Sache gewachsen ist, aber eines Tages Kinder …!«

Meine Mutter ist normalerweise nicht der Typ für innige Umarmungen an gewöhnlichen Donnerstagen. Als sie nach einigen Minuten ihren Griff lockerte und tapfer ihre Tränen wegwischte, erkannten meine Schwester und ich, dass wir Natascha vielleicht hassten, aber für meine Mutter mehr auf dem Spiel stand. Sie war in keinster Weise fähig, ihre Wohnung, ihr Leben und ihren Mann noch länger mit der Natter zu teilen. Dabei war Natascha erst seit einem Monat bei uns. Zwei Meter von uns entfernt, im Wohnzimmer, hockte das Biest, spielte mit meinem Vater Backgammon, lachte über seine alten Witze, und er freute sich darüber. Das Verwirrende war, dass Natascha dabei nicht die Rolle des nymphomanischen Au-pair-Wesens einnahm, das sich in schmuddeliger Softpornomanier an ihn heranzumachen versuchte. Dafür war sie zu schlau. Sie bemühte sich vielmehr, die beste Tochter von allen zu sein, indem sie meinen Vater bedingungslos anbetete. Und – er biss an.

»Hätten wir einen Hund gekauft, würde das hier nicht passieren«, grollte meine Schwester.

Obwohl meine Mutter ihr zustimmte, löste das nicht unser Problem.

»Wir müssen sie von ihm ablenken,« konstatierte ich nüchtern, »vielleicht mit einem Stöckchen oder so.«

Wiederum war es meine Schwester, die trotz ihres romantischen Gemüts oft zu logischen Lösungen neigt: »Vielleicht sollte sie sich in einen Jungen verlieben.«

Meine Mutter nickte grimmig und sprach aus, was ich nur zu denken dachte: »Sie sollte sich *unglücklich* in einen Jungen verlieben.«

Aber einige Dinge kann man nicht planen. Sie passieren dann einfach, besser als gedacht. Natascha verliebte sich in einen Jungen, der mit Menschen offenbar erst so wenig Kontakt gehabt hatte, dass er auch sie für einen hielt. Er fand sie nicht furchterregend oder gemeingefährlich – er fand sie einfach nicht interessanter als eine schöne Glasscherbe, die irgendwo liegt.

Natascha kochte vor Wut, und ihre Tarnung bekam Lücken. Sie wurde unbeherrscht, wenn mein Vater anwesend war, und verschwand öfter in ihrem Zimmer, um an ihrer Eroberungsstrategie zu feilen.

»Sie liebt die Jagd«, kommentierte meine Mutter ihr Verhalten, »nicht auszudenken, was passiert, wenn der Typ sich in ein anderes Mädchen verlieben würde, vielleicht in ein normales.«

Die Möglichkeit, dass meine Schwester in ihrem Leben doch einmal die Rolle des normalen Mädchens spielen sollte, hätte sich wirklich niemand auszudenken vermocht. Doch Nataschas Objekt der Begierde verliebte sich in meine Schwester. Er warb um sie, und er gewann sie.

Bevor Natascha nach Hause fuhr, fuhr sie komplett aus ihrer Schlangenhaut. Schnaubend und tobend tat sie etwas so Dämliches, das sie uns fast leidtat. Sie petzte bei meinem Vater: »Deine Tochter hat mir den Freund ausgespannt. Sie ist eine Schlampe! Ich bekomme immer, was ich will, ich bin ein Siegertyp!«

Mein Vater sah das anders:

»Ich sehe das anders«, sagte er knapp und unendlich enttäuscht. Nie wieder habe ich ihn derart auf ein lebendiges Wesen herabblicken sehen, nicht einmal auf eine besonders hässliche Glasscherbe.

»Das arme Mädchen! Konnte sich gar nicht richtig eingewöhnen«, sagte meine Mutter, nachdem Natascha ins Flugzeug gestiegen war. Dann nahm sie ihre Vorbereitungen für das geplante Freudenfeuer wieder auf, bei dem wir die Tischtennisplatte feierlich den Flammen übergaben.

Konstantinos Monomachos

Eines Tages entdeckten die Götter des Olymps ihre soziale Ader. Nachdem sie sich über die Jahrhunderte an Nektar und Ambrosia gelabt und sich in ausschweifenden Orgien mit der menschlichen Rasse gepaart hatten, überkam Zeus plötzlich eine Art Altersanstand. Er sprach: »Schickt mir den Knaben, den Adonis in einer schwachen Minute mit einer hysterischen Wüstenrennmaus zeugte, auf dass ich ihm eine Aufgabe gebe, wie nur ein Halbtitan sie zu erfüllen vermag!«

Der blonde Jüngling wurde gebracht, und der Göttervater merkte an dessen Gebaren und Redefluss schnell, dass die Rennmaus-Gene sich als dominant erwiesen hatten. So verkündete er denn flink und direkt: »Knabe, Göttersohn, Halbmensch, halte eine Minute inne und höre, was ich zu sagen habe. Auf der Erde, im kalten Norden, wohnt eine Seele, der fehlt, was du im Überfluss hast: Motivation. Geh zu ihr und tritt ihr in den Hintern, auf dass sie endlich mal loslege. Wie du das machst, ist uns gleich, aber segle schnell, denn: Hier oben machst du uns alle wahnsinnig!«

So also trat Vasili in mein Leben. Er spürte mich in

meinem Versteck, einem Call-Center in Berlin-Schöneberg, auf und verlor, wie befohlen, keine Zeit. Er wurde mein bester Freund und lehrte mich im Schnelldurchlauf, was es heißt, einen Griechen zum Freund zu haben.

Vasili nahm mich auf eine Odyssee nach der anderen mit. Er, aus dem Volke der Reeder, war der Kapitän, ich das Schlachtschiff. Seit ich Vasili kenne, bin ich nie mehr sang- und klanglos, sondern immer nur im ganz großen Stil untergegangen.

Ich kannte Vasili gerade ein knappes Jahr, als ich schon viermal die Wohnung und die Haarfarbe gewechselt hatte, vermehrt über Auswanderung und plastische Gesichtschirurgie nachdachte und mich am Telefon nur noch mit »Wer da?« meldete (was in einem Call-Center nicht die beste Option ist), als er mir folgenden Vorschlag unterbreitete:

»Du wolltest doch immer Regie studieren, oder?«

Mit der Zeit hatte ich gelernt, dass Vasilis Hirn nichts anderes als eine Asservatenkammer für Fangfragen war. Geschickt versuchte ich, auszuweichen: »Och, ja, aber da muss man vorher so viele Praktika gemacht haben, und die bekomme ich nicht, weil man dafür vorher Berufserfahrung braucht ...«

Noch während ich antwortete, wurde mir klar, dass sich ein Vasili nicht so leicht belügen lässt wie zum Beispiel die eigenen Eltern.

»Genau das ist der Punkt. Du brauchst mehr Erfahrung. Etwas Praxisorientiertes. Morgen fängst du bei Hellas TV an!«

»Ich fange wo als was an?«, fragte ich, wobei es mir gelang, jedes Wort so zu betonen, als hätte ich es zum ersten Mal gehört.

Ungeduldig rollte Vasili mit den Augen, ein untrügliches Zeichen dafür, dass er sämtliche Details schon geklärt hatte.

»Bei Hellas TV! Dem ersten griechischen Sender Berlins. Du machst jeden Donnerstagabend eine Stunde, als Redakteurin!«

Ich war gerührt. Vasili hatte seine Beziehungen spielenlassen und es tatsächlich geschafft, mich nicht nur bei irgendeinem offenen Sender unterzubringen, nein, direkt beim ersten Griechischen Kanal Berlins sollte ich auf Sendung gehen. Erste Bedenken mischten sich mit Lampenfieber.

»Vasili, ich spreche kein Griechisch.«

Vasili schüttelte langsam den Kopf, enttäuscht über so wenig Verständnis für die Medienwelt.

»Das macht doch nichts! Glaubst du denn, das guckt einer? Außerdem helfe ich dir doch! Ich spreche ja fließend Griechisch und werde dich unterstützen bei deinen Recherchen. Die Moderation übernehm ich natürlich. Komm, ich stelle dich dem Team vor!«

Vasili nutzte meinen paralysierten Zustand schamlos aus und verfrachtete mich ins Auto. Auf dem Weg zu Hellas TV fragte ich mich, welche Bedrohung realer war: in wenigen Minuten von einer Bande griechischer Fernsehleute durch die Hinterhöfe des Prenzlauer Bergs gejagt zu werden oder dass ich tatsächlich als trojanisches Pferd dort eingeschleust würde, um gemeinsam mit Vasili für Hellas TV zu recherchieren. Als wir vor einem Altbau hielten und Vasili mir verschwörerisch mitteilte: »Ich übernehme das Reden, okay? Heute wird es sich endlich auszahlen, dass du dir nie die Augenbrauen zupfst. Der reinste kretische Wildwuchs, dazu dieser depressive Blick. Du bist Griechin!«

Bereis im Hausflur mussten wir über Unmengen von ausrangiertem technischem Allerlei klettern, ein – natürlich blau-weißes – Salzteigtürschild ließ mich wissen, dass wir endlich dort angekommen waren, wo die Fäden griechischer Kultur zusammenliefen: bei Hellas TV, dem Sender, der alle Griechen über das Treiben ihrer Landsleute in der Hauptstadt profund und launig informierte.

Vasili klopfte, gab der maroden Tür dann einen herzhaften Tritt und grüßte mit einem fröhlichen »Calispera!« in den Raum. Keine Antwort. Ich folgte Vasili und ließ meinen Blick durch das Zimmer schweifen. In der einen Ecke: noch mehr Kabelwust, der zu einer Batterie von Computern führte, unter deren Last sich ein Küchentisch bog. In der anderen die griechische Flagge auf Raufasertapete, ein Notenständer und vertrocknete Topfpflanzen.

»Das Studio, unser neues Reich«, flüsterte Vasili ehrfürchtig in mein Ohr, allerdings nicht leise genug. Der Kabelsalat geriet in Bewegung, und ein untersetzter Mann Mitte vierzig schälte sich aus dunklen Untiefen hervor. Er bestand zu sechzig Prozent aus Brusthaar, der Rest war Schnurrbart. Er nuschelte eine Begrüßung und reichte mir seine ölverschmierte Hand.

»Das ist Yannis, der Produzent«, stellte Vasili uns geschäftig vor, »und der Tonmann kommt auch gleich. Wie heißt er noch?«

Fragend blickte Vasili Yannis an, und mir wurde sofort klar, dass Yannis genauso viel deutsch sprach wie ich griechisch.

Ich versuchte zu vermitteln: »Vielleicht Dimitri? Oder Jorgos?«

Warnend blickte Vassili mich an. Fast hätte ich das Einzige vergessen, was ich über den Charakter der Einwohner Griechenlands wusste: Mach dich nie über die acht möglichen Vornamen eines Griechen lustig.

In diesem Augenblick betrat ein weiterer Mann, im etwa selben Alter wie Yannis, dafür ausgestattet mit prozentual umgekehrtem Brusthaar-/Schnurrbart-Verhältnis, den Raum, streckte mir die Hand entgegen und keuchte: »Ich bin Stereos, ich mische den Ton.«

Ich versuchte freundlich zu lächeln und gackerte hysterisch. Mein Leben war ein *Asterix*-Heft, ich hatte es geschafft!

Vasili trat mir auf den Fuß, Yannis und Stereos sahen mich verständnislos an.

»Sie freut sich so auf ihre Arbeit«, versuchte Vasili meinen Ausbruch zu erklären. »Ein unbezahltes Praktikum bei Hellas TV war schon immer ihr Traum. Sie arbeitet gern, lange und hart.«

Ich verstummte schlagartig, Yannis schien zumindest das Wort »unbezahlt« verstanden zu haben, denn seine Augen leuchteten. Er wühlte in einem Aktenschrank herum, kramte einen Stapel VHS-Kassetten hervor und redete auf Vasili ein. Stereos übersetzte das Gespräch für kleine Praktikantinnen: »Wir fangen erst mal an, die Reiseberichte zu übersetzen. Dann sprichst du den deutschen Text darüber, für unser deutsches Publikum.«

»Es gibt auch deutsche Zuschauer?«, fragte Vasili interessiert.

»Es gibt Zuschauer?«, fragte ich entgeistert.

»Es gibt fast nur deutsche Zuschauer für die Reiseberichte. Warum sollte ein Grieche sich das anschauen? Ein Grieche fährt entweder dahin, oder er weiß, warum er da weggegangen ist. Ich schaue mir nie an, was hier produziert wird«, antwortete Stereos melancholisch.

Yannis tat, was ein Grieche tut, wenn ein anderer Grieche melancholisch schaut. Er schenkte an alle Whisky aus. Wir waren akzeptiert – für gute Freunde gibt es keinen Ouzo.

Gut gelaunt machten Vasili und ich uns auf den Heimweg. In seiner Wohnung angekommen, legten wir eine der Kassetten in den Rekorder. Die Bildqualität ließ darauf schließen, dass die Kassette den Weg von Griechenland aus allein geschwommen war. Zum Ton konnte ich nichts sagen. Vasili auch nicht. Nach vier Minuten, in denen wir auf dem Bildschirm vorrangig Eselshintern und Kakteen erahnen konnten, wurde klar, dass auch Vasili kein Griechisch mehr verstand. Zumindest nicht, wenn es schnell, verzerrt und mit Akzent gesprochen wurde.

»Tja, das war's dann wohl«, bemerkte ich grinsend, »der Job scheint eine Nummer zu groß für uns zu sein.«

Vasili schwieg, ein schlechtes Zeichen. Es bedeutete meist, dass er Kräfte sammelte, um einen Ausweg zu finden. Und ein echter Grieche läuft nicht durchs Labyrinth, ohne vorher einen Faden zu spannen. Wie befürchtet, ging ihm ein Licht auf.

»Das ist eine sehr gute Übung für kreatives Schreiben. Denken wir uns anhand des Bildmaterials doch einfach mal aus, was die Insel Pylos so besonders macht. Hier ist das Diktiergerät, los geht's!«

Tatsächlich benötigten wir weniger als zwei Stunden und acht Bier, um aus der völlig unbekannten Insel Pylos die Perle des Mittelmeers zu machen. Wir versicherten dem interessierten Publikum, dass die schattigen Arkaden der Altstadt zum Verweilen einluden, die Strände die weißesten und saubersten in ganz Europa seien und das Klima auch während der Sommermonate überraschend angenehm war.

Dann wurden wir mutiger. Die immer wieder auftauchenden Esel wollten schließlich kommentiert sein. Nach längeren Diskussionen einigten wir uns darauf, dass es sich bei diesen Tieren um eine ganz besondere Rasse handelte, die speziell für Beach-Polo gezüchtet und ausgebildet würde, eine der Haupteinnahmen des stolzen Inselvolks. Jeder Griechenlandkenner weiß überdies, dass auf Pylos nirgends einfach Steine aufgetürmt herumliegen, nein, es sind die Ruinen des sagenumwobenen Palastes, welcher der Legende nach von einem einzigen Mann in einer Zeitspanne von über siebenundsechzig Jahren erbaut worden war.

Als das letzte Bier getrunken war, gaben wir auch den

Namen des Insel-Urvaters preis: Konstantinos Monomachos.

Während ich albern kichernd langsam einschlief, ließ
Vasili unsere Sprachaufnahme nicht etwa in der unters-
ten Schublade verschwinden, sondern warf sie furchtlos
in den Briefkasten.

Zwei Tage darauf wurden wir ins Studio bestellt. Yannis gefiel unsere Übersetzung. Zwar verstand er nichts,
war aber laut Vasili von meinen Talenten als Synchron-
sprecherin mehr als überzeugt. Ich klänge genauso ein-
schläfernd, wie es der Sendeschluss von Hellas TV verlange. Stereos pflichtete ihm bei, obwohl er das Werk
offensichtlich nicht gesehen hatte.

Beide teilten uns freudestrahlend mit, dass sie unseren Film jeweils am Freitagabend auf Sendung geben
wollten, wenigstens bis wir unseren ersten Live-Beitrag
geschnitten hätten.

Yannis schenkte Whisky aus, Vasili und ich erbleich-
ten. Die beiden meinten es ernst. Während mein Instinkt
mir sagte, die Stadt zu verlassen und meinen Namen zu
ändern, gab es für Vasili nur eines: die Flucht nach vorn.

»Worüber könnten wir denn berichten?«, fragte er
fast schüchtern unsere Chefs.

Stereos setzte sein düsterstes Gesicht auf und sprach:
»Über einen Griechen. Der nach Berlin kommt. Wir sagen euch Bescheid.«

Er kippte den zweiten Whisky hinunter. Wir pros-
teten ihm zu. Er würde einen gewissen Pegel brauchen,
falls aus Versehen ein Grieche aus Berlin am Freitagabend Hellas TV einschaltete, wider Erwarten nicht von

meiner Stimme eingeschläfert würde und den Sender anschließend wegen Lügen über die Insel Pylos verklagte.

In den nächsten Wochen waren Vasili und ich wahrscheinlich die einzigen Menschen, die jeden Freitagabend zwischen halb und viertel vor zehn den ersten griechischen Sender Berlins einschalteten. Wir freuten uns diebisch über unsere Polo-Esel und die Sage von König Monomachos.

Als es nach einem Monat immer noch keine Reaktion auf unser Machwerk gab, war ich fast etwas enttäuscht. Vasili hingegen lauerte. Er schien mit meinem Praktikum noch nicht fertig zu sein und wollte die bestmögliche Katastrophe aus der Sache herausholen. In diese unheilvolle Stimmung hinein klingelte Vasilis Telefon, er sprach Griechisch mit dem Anrufer. Das Gespräch dauerte kaum eine Minute, da legte Vasili auf, packte mich am Arm und sagte: »Heute Abend werden wir uns als ernsthafte Journalisten rehabilitieren! Aber schnell, sonst ist der Grieche weg.«

Wir sprangen ins Auto. Auf dem Weg zum Ku'damm erläuterte Vasili mir die Einzelheiten unseres Auftrags. Das heißt, er fasste zusammen, was er aus Yannis' Gebrabbel herausgehört hatte, und klang in der Übersetzung wie Stereos: »Da ist ein Mann. Ein Grieche. Er ist Künstler. Und in Berlin.«

Na, das war doch schon detailverliebt geplant.

»Und? Sollen wir den umlegen, oder was?«

Vasili bremste an einer roten Ampel.

»Nein, du interviewst ihn. Er spricht wohl gebrochen

Deutsch und ist stolz darauf. Ich übersetze dann ins Griechische.«

Ich lachte kurz auf, dann standen wir lange im Feierabendstau. Genervt sah Vasili auf die Uhr.

»Mist, die Galerie, in der der Typ ausstellt, hat nur noch zwanzig Minuten geöffnet. Hoffentlich hat ihn die restliche Presse nicht schon ganz müde gefragt.«

Wenigstens war Vasili wieder in seinem persönlichen Paralleluniversum angekommen. Als wir bei der angegebenen Adresse erschienen, war weder von dem Künstler noch von Besuchern, noch von der übrigen Presse etwas zu sehen. Ein Schild an der Tür der Galerie war der einzige Hinweis, dass der Künstler tatsächlich dort ausstellte:

»Herkules Papakosmas – Organische Plastiken. Bitte Schuhe ausziehen.«

An dieser Stelle wollte ich glücklich mein kurzes, aber lehrreiches Praktikum bei Hellas TV an den Nagel hängen. Doch wie hatte mir entfallen können, dass Vasili in solchen Situationen erst richtig aufzudrehen begann? Es brodelte in ihm, so viel war klar, denn er fing an, laut und krank zu denken:

»So bekannt ist der Typ nicht, also nicht in Berlin.«

Ich nickte bestätigend. Nach zwei Semestern Kunstgeschichtsstudium war mir nicht der kleinste Essay über Herkules Papakosmas in die Finger geraten.

Vasili schlussfolgerte: »Es weiß also keiner hier, wie der Mann aussieht. Wir wissen nur, dass er organische Plastiken macht.«

»Und dass er Grieche ist«, ergänzte ich überflüssi-

gerweise, aber genau dieser Satz brachte Vasili zum Jubeln.

»Ganz genau! Was wir jetzt brauchen ist ein – Gyros
Pita!«

Er schnappte sich das Ungetüm von Videokamera aus
dem Auto und zerrte mich in eine Seitenstraße, wo sich
zu meinem Unglück genau das befand, was Vasili sich
herbeigesehnt hatte: der Gyros-Grill »Apollo«.

»Du glaubst doch nicht, dass Herkules nach seiner
Vernissage ausgerechnet hier feiern geht«, erkundigte
ich mich zaghaft.

Vasili hängte sich grinsend die Kamera um und erwiderte verschwörerisch: »Nein, natürlich nicht. Aber
wenn du mich fragst, ist das eine organische Plastik.«

Er deutete auf den rotierenden Fleischspieß.

Ich hatte mittlerweile so viel Zeit mit Vasilli verbracht,
dass ich seinen wahnsinnigen Gedankengängen folgen
konnte: »Und das Herr Papakosmas!«

Ich zeigte auf den Mann hinter der Glasscheibe, der
sich in diesem Moment umdrehte und uns freundlich in
den Laden winkte.

Vasili grinste tückisch: »Wenn der nicht Papakosmas
heißt, spendier ich dir ein Bier.«

Durchtrieben wie zwei Hundefänger betraten wir das
»Apollo«. Vasili gab sich als Landsmann zu verstehen,
deutete abwechselnd auf die Kamera und auf mich. Unser Herkules Papakosmas schien hocherfreut, nickte
und strahlte mich so an, als hätte Vasili mich gerade für
ein weiteres, unbezahltes Praktikum an ihn vermittelt.
Er wischte sich die Hände an seiner Schürze ab und folg-

te uns auf die Straße, wo er sich stolz vor seinen Laden stellte.

Vasili nahm mich beiseite und erläuterte seinen teuflischen Plan: »Ich habe dem Mann eine Werbesendung für seine Gyrosschleuder versprochen. Jetzt ist dein Improvisationstalent gefragt, Katinka. Hier kannst du einmal das ganze undurchsichtige Wischiwaschi-Gelaber anbringen, das du auf der Uni gelernt hast.«

Solcherart ermutigt ging ich zum frisch ernannten Herkules, um ihm ein paar wichtige Fragen zum Thema zu stellen: »Ihre Arbeit spiegelt das Unabdingbare des Endlichen an sich dar, sehe ich das richtig?«

Was immer Vasili dem armen Mann übersetzte, unser Herkules nickte eifrig und deutete auf seine blutige Schürze.

»Viel Arbeit, nie zu Ende.«, beteuerte er.

Vasili grinste, ich schwitzte. Aber auf einmal bekam ich Spaß an der Sache. So viel wusste ich schon über das Medium Fernsehen: Hauptsache, man hat Material, die Aussage entsteht dann im Schneideraum. Ich bedachte Herkules mit einem anerkennenden Blick, von Medienprofi zu Profibildhauer, und sprach dann direkt in die Kamera:

»Zu Recht gilt er als einer der streitbarsten Künstler Griechenlands, der immer wieder neu erschafft und bereit ist, jederzeit eine Antithese zu seinem Werk aufzubauen.«

Herkules blickte jetzt zu Boden, ich stellte die Gewissensfrage: »Als Künstler sind Sie Freigeist, aber: Wie wichtig ist der Verkauf Ihrer Werke für Sie?«

Diese Frage bedurfte keiner Übersetzung. Herkules Papakosmas wurde zu dem Enfant terrible, für das ihn die griechische Kulturelite gleichermaßen hasste und liebte: »Kann immer mehr sein. Ist schon billig, weißt du? Kann immer mehr, ich immer mehr, ist Qualität, nicht Scheiß-Döner!«

Während ich überlegte, ob wir das »Scheiß-Döner« wohl rausschneiden oder hervorheben sollten, gab Herkules uns den schönsten Abschiedssatz, den sich ein Paar hoffnungsvoller Jungreporter nur wünschen kann: »Nicht alles ist immer gut, nur weil hat scharf drauf für umsonst.«

Vasili versuchte, die Kamera stillzuhalten, während er sich auf dem Boden kugelte. Ich bedankte mich bei Herkules für das aufschlussreiche Gespräch. Er reckte beide Daumen in die Höhe. Die Szene war im Kasten. Wir verabschiedeten uns herzlich von dem jungen Genie und fuhren mit unseren Eindrücken zum Sender.

In zwei Nachtschichten gelang es uns, das vielschichtige Porträt eines Künstlers zu erstellen, der zu Unrecht kaum Beachtung in der hiesigen Kunstszene fand. Vielleicht ist seine Kunst noch unverstanden, so dachte selbst der bekannte Fernsehproduzent Yannis Fabrizis bei der Plastik »Venus '95«, bei der es sich um einen umgedrehten Gyrosspieß, überdeckt von rotem Farbfilter, handelte, aber die Bedenken dieses Banausen ließen sich mit einem guten Whisky zerstreuen.

Die organischen Plastiken des Herkules Papakosmas, der übrigens in Wirklichkeit Stavros Papakosmas heißt, werden wohl noch eine Ära lang auf ihre Würdigung warten. Anders als der schonungslose Bericht über diesen Ausnahmekünstler. Der lief, fast anderthalb Jahre lang, auf dem ersten griechischen Sender Berlins, immer freitags, immer schön im Wechsel mit dem Reisebericht über die Insel Pylos, dem bestgehüteten Schatz der Ägäis, Heimat des großen Konstantinos Monomachos.

Leave me alone

Wenn ich irgendwann mal wieder etwas mit einem Mann anfangen sollte, erwarte ich vor allem eines von ihm: dass er mich am Ende verlässt. Denn verlassene Paarhälften haben Narrenfreiheit. Sie können sich für drei Wochen in ihr Bett verkriechen, literweise Lambrusco trinken und »Junimond« in Endlosschleife hören. Und sie haben nur dann Kontakt zur Außenwelt, wenn sie ihn wirklich haben wollen.

Als verlassene Paarhälfte kann man nachts willkürlich Telefonnummern wählen und einfach nur ein langes, gellendes »WARUM?« in den Hörer brüllen. Oder man zieht nach Hamburg, nur um von dort aus die beste Freundin in München anzurufen und ihr zu berichten, »dass es im Moment wieder gar nicht mal so gut ist, das Leben, seit der Thilo weg ist ...« Dann lehnt man sich entspannt zurück und stoppt die Zeit, bis man ihr Auto mit quietschenden Reifen vor der Haustür halten hört. Je schneller das Quietschen ertönt, desto besser die Freundin.

Wenn man verlassen wurde, kann man aber auch übermenschliche Kräfte entwickeln, die endlich mal entsprechend gewürdigt werden vom Umfeld. Ich kenne nicht wenige Verlassene, deren Eltern vor Stolz fast geweint haben, als ihr Sprössling neben dem ganzen Stress nach der Trennung von Sarah oder Arne auch noch die Zwischenprüfung geschafft hat – nach zweiundzwanzig Semestern.

Außerdem dürfen sich Verlassene in alle zur Verfügung stehende Arme und Beine flüchten. Bei mangelhafter Performance des Bett-Sparring-Partners steht man dann einfach zu gegebener Zeit auf und verkündet mit brüchiger Stimme: »Du, sorry, aber ich bin einfach noch nicht über den Olli weg.« Und nichts wird von dieser Eskapade in Erinnerung bleiben als ein verständnisvolles Nicken. Verlassen werden ist wie ein Freifickschein von der AOK.

Leider hat das Verlassenwerden einen Haken. Zuvor will ein Partner gefunden werden, der am Gegenteil interessiert ist, also ein Loslasser. Und die sind gar nicht mehr so leicht zu finden. Die Zeiten, in denen Typen damit angegeben haben, durch wie viele Betten sie letzte Woche gehüpft sind, sind eindeutig vorbei. Stattdessen scheint sich eine Art Hardcore-Biedermeier-Trend in der männlichen Bevölkerung breitzumachen. Das heutige Kneipengespräch unter Männern stelle ich mir ungefähr so vor:

»Na, Jürgen, wie weit biste mit deiner neuen Schnalle?«

»Oh, ist alles super! Sie hat mich zum Essen eingeladen, und ich habe gleich meine ganzen Klamotten mitgebracht und bin eingezogen bei ihr.«

»Ey, super, und haste ihr schon von deinem baldigen Kinderwunsch erzählt?«

»Nee, mach ich morgen, beim Spieleabend.«

»Cool!«

Langsam beschleicht mich der Verdacht, dass die Männer doch ausnahmsweise einen Schritt weiter gedacht haben, nachdem Frauen über Generationen hinweg stolz verkündeten, dass sie ihn verlassen haben und sich kein bisschen lächerlich vorkamen, in öffentlichen Diskotheken zu »I will survive« fröhlich mitzublöken, haben Männer die Vorteile des Verlassenwerdens längst schon erkannt. Das würde einiges erklären. Männer sind in Wahrheit gar nicht schusselig, schlampig oder unaufmerksam. Ihre erste Ehe und ihr Alkoholproblem sind nur Tarnung. Womit das Männergespräch auch einen ganz anderen Verlauf nehmen würde.

»Und, Jürgen, haste sie jetzt endlich von deiner absoluten Lebensuntauglichkeit überzeugt? Ich meine, so richtig, mit tagelang vor der Glotze hängen und Suizidandeutungen?«

»Denke schon. Noch drei, vier Wochen, dann haut sie mit Sicherheit ab. Dann kann ich endlich mal die versiffte Bude aufräumen und schaffe meine Zwischenprüfung.«

»Korrekt, Jürgen!«

Manchmal sind Männer wirklich klüger.

This is not America

Eines Tages beschloss meine Mutter, sich auf furchtbare Weise an der westlichen Welt zu rächen. Sie holte zu einem Rundumschlag aus und ließ mit ihrer einmaligen Aktion all jene verzweifeln, die jahrzehntelang an die Segnungen der Reisefreiheit und des sogenannten kulturellen Austausches geglaubt hatten. Gleichzeitig erteilte sie meinem Vater, dessen größte Schwäche von jeher die Gastfreundschaft war, eine Lektion. Denn nach Natterascha, der zwölften Austauschschülerin, die in unserem Heim ihre Persönlichkeitsstörung hatte voll ausleben dürfen, riss meiner Mutter der Geduldsfaden. Sie sandte ihre Geheimwaffe aus, dorthin, wo sie den Feind an seiner empfindlichsten Stelle treffen sollte. Sie schickte mich in die Vereinigten Staaten von Amerika.

Natürlich traf mich ihre Entscheidung nicht unvorbereitet. Tage zuvor hatte ich quengelnd auf der Couch gesessen und behauptet, dass alle anderen immer alles durften, auch nach Amerika fahren. Bis heute weiß ich nicht, was ich mit dieser Nörgelorgie eigentlich bezweckte. Ich kann mich nur noch entsinnen, dass meine Mutter plötzlich ein schwarzes Notizbüchlein hervor-

kramte, es aufschlug und meinem Vater wortlos über-
reichte. Der wählte eine vierzehnstellige Nummer und
schnatterte gut gelaunt in den Hörer: »Wendy-Lou,
it's Werner. Sorry, I didn't call you for thirty years, but
would you know anyone who would like to have my
daughter?«

Von diesem ersten Gespräch an bis zu dem zweiten
und letzten vor meinem Abflug war nie die Rede davon,
»how long« irgendeine amerikanische Familie aus dem
Bekanntenkreis der Ex-Verlobten meines Vaters mich
gern haben wollte. Wahrscheinlich gehörte auch dieser
raffinierte Schachzug zum Masterplan meiner Eltern:
Je weniger ich von meinem Angriffsziel wusste, desto
weniger Gedanken würde ich mir um die zivilen Opfer
dort machen. Mein offizieller Auftrag lautete: Im Staat
Connecticut von Bord gehen, mich in eine Kleinfamilie
einschleusen, die Schule besuchen, allerhand großartige Freundschaften schließen, um dann putzmunter mit
vielerlei Eindrücken zurückzukehren. Solcherlei Phra-
sen schrieben meine Eltern zumindest in dem Brief an
meine zukünftigen Eltern, dem sie außerdem noch ein
nicht zu aktuelles Foto von mir beifügten. Man wollte
die Amis nicht warnen, indem man ihnen gleich das Bild
einer unsicheren Sechzehnjährigen präsentierte, deren
Hobbys augenscheinlich Pickelausdrücken und Haare-
färben waren. Sie erwähnten in ihrem Schreiben auch
nicht meine Vorliebe dafür, stundenlang zerknirscht vor
mich hin zu grübeln, neuwertige Jeans zu Kunstobjekten
zu zerschreddern oder Fahrradunfälle zu sammeln. Meine wahre Leidenschaft, die Zubereitung von möglichst

wirkungsvollen Cocktails auf Wodkabasis, wurde zu der äußerst neckischen Formulierung »Katinka enjoys experimental cooking« eingedampft.

Um meine Furcht vor der Fremde zu mildern, erteilte mir mein Vater eine Blitzlektion über den speziellen Flecken Erde, den er selbst in den frühen Sechzigerjahren des 20. Jahrhunderts heimgesucht hatte. Auf einem vergilbten Stadtplan zeigte er mir die Sehenswürdigkeiten von East Windsor, Connecticut.

»Hier ist der Eisladen von Mr. Garner. Und da gibt es die besten Hot Dogs. Da trainiert das Footballteam, und hier müsste die Parade der Blumenkönigin entlangfahren, ungefähr im September, siehst du, einmal um die Episkopal-Kirche, dann vorbei am Schwarzenviertel …«

Seine Erläuterungen beruhigten mich ein wenig. Falls ich es in der amerikanischen Provinz nicht würde aushalten können, müsste ich einfach einen verrückten Professor finden und diesem erklären, dass ich um Punkt zwölf an der Kirchturmuhr hängen müsste, damit der dort einschlagende Blitz mich zurück in mein Jahrzehnt bringt.

»Heißt der Schlägertyp an der Schule auch wirklich Biff, Papa?«, erkundigte ich mich zur Sicherheit.

»Red keinen Blödsinn,« sagte er und fuhr fort: »Diese Ecke ist gefährlich. Die Hendersons haben einen Hund, den sie dort frei laufen lassen, und ich sage dir, der sieht zwar niedlich aus, aber wenn du ihn reizt, dann gute Nacht …«

Ich hatte keine gute Nacht mehr, denn noch am selben Abend fuhren wir zum Flughafen. Trotz gültiger Papiere und guter Englischkenntnisse fühlte ich mich nicht ausreichend vorbereitet auf dieses Abenteuer. Nicht nur, dass meine Eltern sich vehement weigerten, das Datum meines Rückfluges preiszugeben, nein, kurz nachdem ich die Sicherheitskontrolle passiert hatte, brachten sie eine letzte, besondere Überraschung hervor: »Übrigens – deine beiden Gasteltern sind Polizisten. Zwei echte amerikanische Cops, ist das nicht aufregend?«

Ich heulte vor Aufregung, den ganzen Flug über. Ich war nun sicher, dass meine Eltern Doppelagenten waren, mich verraten hatten und in eine Art Bootcamp abschieben wollten. Kalter Alkoholentzug unter Aufsicht zweier Officers sollte meinen Willen brechen, wahrscheinlich planten sie, dass ich erst dann wieder europäischen Boden betreten sollte, wenn ich zum Zeichen der bedingungslosen Kapitulation mein »Kein Blut für Öl«-T-Shirt verbrannt hätte.

Als das Flugzeug endlich am JFK-Airport landete, hatte ich mich einigermaßen beruhigt, indem ich mir eine grobe Strategie für die Befreiung der Völker der Welt von der Unterjochung der imperialistischen Großmacht ausgedacht hatte. Gerade wollte ich dem Zollbeamten von meinen Absichten berichten, als ich bemerkte, dass ich seine Sprache nicht verstand. Kein Wort. Was ich für die Landessprache hielt, war ihm vollkommen fremd. Anstatt also als politischer Häftling erst eingekerkert und für immer des Landes verwiesen zu werden, schaltete ich blitzschnell auf Plan B um und heulte erneut. Und in diesem Moment erkannte ich mich selbst, wenn auch mühsam. Jemand hielt mir ein Bild unter die Nase, eine

Aufnahme, die heimlich entstanden sein musste, als ich etwa zwölf Jahre alt gewesen war. Blond und unschuldig strahlte ich mir entgegen, gemeinsam mit dem Cockerspaniel unserer Nachbarn.

»Katrina?«, fragte mich der Bildhalter ungläubig, und noch ungläubiger antworte ich: »Bob?«

Beide stutzten wir und konnten es kaum fassen. Während Bob sich fragte, wie er das nette Mädchen auf dem Foto mit dem rothaarigen Teenager, dessen Kleidung aus Sicherheitsnadeln bestand, in einen Kontext bringen sollte, war ich völlig erschüttert darüber, dass ein amerikanischer Cop genauso aussehen konnte wie ein amerikanischer Cop. Bob Whitman sah aus, als hätte man Chief Wiggum von den *Simpsons* entgilt und anschließend in Drei-D-Optik animiert. Er war zwei Köpfe kleiner und fünfzig Kilo schwerer als ich. Vorsichtig schaute er um mich herum, als suche er nach dem Cockerspaniel, der ihm als Beweis für meine Identität hätte dienen können. Er zuckte mit den Schultern und sagte: »Wellthenwebettertakeoffbeforethetrafficgoesbananasoutthere.«

Ich antwortete schüchtern: »You are welcome!«, dann wurde ich von den Lichtern der Großstadt weg und hinein in die unbekannte Welt der Vorstadt chauffiert.

Als wir spätnachts in East Windsor ankamen, konnte ich leider nicht überprüfen, ob die Angaben meines Vaters zum gesellschaftlichen Leben dort noch zutrafen. Aber ich lernte die beiden Söhne der Whitmans, Chris und Dean, kennen. Sie starrten mich an, als sei ich das Haustier, das sie sich nie gewünscht hatten. Mein

Gastgeschenk, eine Kuckucksuhr, zerstörten sie binnen weniger Minuten zunächst ungeschickt, dann systematisch. Ich spürte zum ersten Mal im Leben den Drang, meinen Bruder anzurufen und ihm zu gestehen, dass ich ihn großartig fände. Jedenfalls auffällig weniger gestört als die beiden Killerknödel, die seinen Job nun übernahmen.

Ich entschuldigte mich, schlich in mein Zimmer und schloss die Tür dreimal ab.

Nach vielen durchwachten Stunden traute ich mich aus meinem Versteck und bemerkte, dass ich mich allein im Haus befand. Auf dem Küchentisch lag ein Zettel, der mich darüber informierte, dass in einer halben Stunde mein Schulbus direkt vor dem Haus hielte und ich mich doch bitte, gemäß der alten Tradition, am ersten Tag in den Schulfarben ankleiden sollte. Neben dem Zettel stand ein Sechserpack Donuts mit Schokoglasur und eine Dose Weizenbier, auf die jemand »Gegen Heimweh« geschrieben hatte.

Es war dieses perfekt auf mich zugeschnittene Lunchpaket, das mich tief berührte. So sehr, dass ich Hoffnung schöpfte. Warum nicht einfach mal etwas Neues versuchen, dem Land eine Chance geben und es einfach ausprobieren? Noch hatte ich Zeit und Gelegenheit genug, mich mit den Amis anzufreunden, ich bräuchte nur einen guten Masterplan, besser noch eine vollkommen neue Persönlichkeit, die ich mir bis zum Eintreffen des Busses zulegen wollte.

Sehr bald wurde mir klar, dass mein ausgeklügelter Plan ins Wanken geraten war: Meine schnellgestrickte, aber detailverliebte Strategie hatte vorgesehen, nicht auf exotische Fremde zu machen, sondern die Intelligenzbestienkarte auszuspielen. Das schien mir sowohl aus naturgegebenen als auch aus dramaturgischen Gründen die richtige Wahl. Die erste Woche an der amerikanischen High School wollte ich schüchtern lächelnd verbringen, allein schon deswegen, um die Cheerleader in Sicherheit zu wiegen. Unweigerlich hätte die zweite Schulwoche dann mit dem Kennenlernen des neuen Referendars im Fach »English Literature« begonnen. Mister Halliwell wäre ein gut aussehendes, Energie versprühendes Exemplar von Lehrer, der trotz seiner zwanzig Jahre unglaublich reif und männlich wirkte. Alles stand mir bereits deutlich vor Augen: Wenn ich mich in der zweiten Stunde meldete, um die Stelle aus »Endstation Sehnsucht« nicht bloß aus dem Textbuch abzulesen, sondern frei vorzutragen, würden meine Mitschüler noch dreckig über mich lachen. Wenn ich dann allerdings die Brille abnähme, den Haarknoten löste und frei rezitierte, würde Halliwells Herz dahinschmelzen wie Butter in der Sonne. Es würde einige zu unabsichtliche Berührungen in der Theater-AG geben und natürlich die berühmte Szene nach der bejubelten Premiere, in der Mister Halliwell, Stephen, vor mir auf die Knie sinken und leise »Es darf nicht sein!« schluchzen würde. Um es spannend zu gestalten, würde dies natürlich von Amanda, Debbie und Tiffany beobachtet werden, die nun in einer elenden Schmutzkampagne versuchten, Mister Halliwell und mich der Schule verweisen zu lassen. Doch bei einem feurigen Buchstabierwettbewerb verwiese ich Amanda in ihre Schranken. Heulend würde sie sich, wie auch die halbe Schule, als Analphabetin outen, und wohlwollend würde Mister Halliwell den Nachhilfeunterricht organisieren, jedoch nicht ohne anzumerken: »Das passiert eben, wenn man den ganzen Tag in zu kurzen Röckchen rumhüpft und Sportler anschreit!« Der Knaller würde natürlich der Abschlussball sein. Mit einem vom US-Präsidenten persönlich unterschriebenen Zertifikat, das meine geistige und körperliche Volljährigkeit belegte, liefe ich dort unter tosendem Applaus der gesamten Schule in Stephen Halliwells Arme. Debbie und Tiffany hätten mir vorher die Haare gemacht, in meinem Kleid sähe ich einfach nur umwerfend aus, aber erst die Krone der Ballkönigin machte dieses Ensemble komplett.

Eines meiner kleinsten Probleme von Anfang an war, dass ich weder Debbie noch Tiffany ausfindig machen konnte. Es waren nur lauter kleine Amandas anwesend, die allerdings alle Jennifer hießen. Wie die Jungen hießen, konnte ich nicht direkt aufklären, sie redeten nicht mit mir. Die Jennifers waren etwas kontaktfreudiger: »Hi, there«, sagten sie und liefen weiter. Ich war wohl *There*, ihr Gruß ein antrainiertes Verhalten, das es ihnen ermöglichte, ihre amerikanisch gestylten Zahnreihen so oft wie möglich zu zeigen. Bei einigen Jennifers hatte ich schon beobachtet, dass sie auch ihren Spind für »There« zu halten schienen. Möglich, sie hielten auch mich für ein Wesen auf dem geistigen Niveau eines Spindes, nachdem ich es an einem einzigen Morgen schaffte, zuerst eine ganze Nation zu beleidigen und anschließend die Schule im Besonderen zu beschämen.

Es hatte einfach nicht so gut angefangen, schon der Schulweg deutete wenig subtil auf die zu erwartende Katastrophe hin. Ich hatte mich auf einem vermeintlich freien Sitzplatz im Schulbus niedergelassen, was von fassungslosen Jennifers mit offenem Mund beobachtet wurde. Zunächst hielt ich ihre Maulsperre für die geheime Bewunderung meines raffinierten, sehr europäischen Outfits. Was ich in meiner Reisetasche an schwarz, gold und grau hatte finden können, trug ich auch zur Schau. Während sämtliche Jennifers sich für eine sportlich-kommerzielle Variante entschlossen hatten (graues Schul-Sweatshirt mit güldenem Aufdruck, schwarze Jogginghose), hatte ich ein langes, graues Männerunterhemd mit einer goldenen Strumpfhose kombiniert und trug dazu kniehohe Springerstiefel, sonst nichts. Während ich mich also in den ersten Sekunden meiner ersten Schulbusfahrt wie ein distinguiertes Model fühlte, das den Landpomeranzen wahren Schick vorführt, begriff ich am nächsten Halt flugs, welchen Fauxpas ich mir geleistet hatte: Ich saß auf Jennifers Platz. Und Jennifer, also die Amanda unter den Jennifers, fand das gar nicht witzig. Sie blieb wortlos, aber kaugummikauend dicht vor meiner Nase stehen, und ihre Haarspraywolke zwang mich in die Knie. Geräuschvoll sackte ich bei voller Fahrt auf den Boden des Busses und kroch wie ein geprügelter Hund zu dem einzig übrig gebliebenen freien Platz.

Bis heute wundere ich mich, warum nicht ein einziger mir bekannter High-School-Film die durchaus komische Brisanz des »Platzes über dem Reifen« erwähnt.

Auf diesem Platz eines amerikanischen Schulbusses spürt man jeden Kieselstein auf der Straße, jede Kurve schleudert einen durch die Gegend, es sei denn, man fängt den Schwung mit den Knien auf.

Mein Schulweg führte durch einen Steinbruch, der in Serpentinen angelegt war. Wie Frankensteins Monster bewegte ich mich nach der Fahrt auf das Schulgebäude zu. Damit auch der minderbemitteltste Fünftklässler die Anspielung verstand, war ich wie immer erklärende einsachtzig groß, damit ich richtig auffiel.

Meines gewagten Ensembles gewahr, überlegte der gesamte Lehrkörper angestrengt, wie sich die Schule vor dem drohenden sittlichen Verfall schützen könne. Man schlug vor, dass ich zur Feier des Tages in das Kostüm des Schulmaskottchens, Panty, dem Panther, gesteckt werden möge. Leider befand sich Pantys Oberkörper in der Reinigung, sodass ich lediglich eine sehr geräumige schwarze Hose mit langem Schwanz, Pantys Pants, ergattern konnte. Das gab aber ein sehr kleines Hallo, als mich der Direktor meiner neuen Klasse mit den denkwürdigen Worten »Sie kommt aus Europa. Da ist irgendwo Krieg, seid nett zu ihr« vorstellte. Wenigstens schaffte ich es, mich in eine Stuhl-/Bank-Kombination zu setzen, ohne über meinen Schwanz zu stolpern.

Das alles hätte man wohl noch mit dem Krieg in Europa entschuldigen können, aber dann tat ich etwas Unverzeihliches: Nichts. Als alle aufstanden, blieb ich sitzen. Als sie ihre Hand Richtung Herz legten, sah ich irritiert auf die Uhr. Als sie auf die Flagge schworen, lachte ich hysterisch. Als ich fragte, ob Krieg sei, fragte mich niemand mehr irgendetwas.

Am Ende dieser ersten Stunde nahm mich die Lehrerin beiseite und erkundigte sich, ob wir mein Verhalten auf eine plötzliche spastische Lähmung oder geistige Behinderung schieben sollten. Während ich die erste Lösung propagierte, hatte sie sich längst für die zweite entschieden. Trotzdem wollte sie mir die Chance geben, mich zu entschuldigen, und zwar medienwirksam. Vor den Kameras des schulinternen Senders sollte ich verkünden, dass ich mit den Sitten und Gebräuchen des Landes nicht vertraut sei, aber hoffe, viele neue Freunde und Eindrücke zu gewinnen. Den Krieg sollte ich besser nicht erwähnen.

Ich schlurfte also in Pantherhosen Richtung Medienraum und sah mich für einen kurzen Augenblick gerettet. Zwei mexikanische Austauschschüler erwarteten mich bereits, scheinbar sollten sie sich auf ähnliche Weise beim amerikanischen Volk entschuldigen, wie ich dank meiner bruchstückhaften Spanischkenntnisse von ihnen erfuhr. Beide reichten mir bis zur Brust und waren in schwarze Ponchos gehüllt. Das Fernsehteam bestand aus dem üblichen Grüppchen Nerds, die ihre Brillen, Frisuren und Floskeln im Sammel-Abo bestellt hatten. Ihr äußerst dürftiges Drehbuch, das sie zu unserem Spontanauftritt erstellt hatten, wussten meine neuen mexikanischen Freunde und ich gehörig nachzuwürzen. Als die Brillenschlangen uns bei der Live-Übertragung fragten, aus welchem Land wir stammten, riefen Pedro und Juan so freudig, laut und oft »Mexiko!«, dass auch ich mir spontan eine neue Staatsbürgerschaft zulegte und in den Chor mit einfiel. Die Reaktionen waren vorhersehbar: Pedro und Juan nahmen mich in ihre Mitte, setzten mir einen Sombrero auf, und wir tanzten Macarena. Die Kamerafrau hielt einfach drauf. Dann wurde es uns zu langweilig, immer nur »Mexiko!« zu brüllen, und wir sangen »Tequila«. All das wurde in sämtliche Klassenräume übertragen, bis die Leitung plötzlich unterbrochen wurde. Hinter den Brillen wurde geweint.

Ich sah mir das letzte Standbild auf dem Monitor an. Dank des Sombreros, der Ponchos und unserer klug gewählten Aufstellung sahen Pedro, Juan und ich nicht etwa wie drei besinnungslose Banditos aus – wir sahen aus wie ein riesiges, zuckendes, erigiertes schwarzes Glied vor einer Wand aus Anti-Drogen-Postern. Doch erstaunlicherweise hatte die Filmcrew eher Probleme mit dem Ton. Es sei an amerikanischen Schulen strengstens verboten, den Genuss von Alkohol zu propagieren, erklärte man uns. Wir entschuldigten unser Verhalten kleinlaut auf Spanisch und erwähnten noch kurz den fürchterlichen Krieg daheim.

Mein restlicher Schultag verlief ohne besondere Vorkommnisse. Allerdings hatte ich das Gefühl, dass die Leute absichtlich auf meinen Pantherschwanz traten, wenn ich den Flur hinunterschlich. Ich machte mir keine Hoffnung mehr, dass ich für meine restliche Aufenthaltszeit auch noch Pantys Oberkörper anziehen dürfte. Dafür war ich mir sicher, dass mein erster Eindruck bereits ausgereicht hatte, um des Landes verwiesen zu werden.

Nach einer Busfahrt, die ich im Stehen verbrachte, erwartete mich meine neue Mutter in meinem neuen Zuhause. Sie war ein kompaktes Frauenzimmer mit tiefer Stimme. Wenn sie, wie damals, ihre Arme in die Hüften stemmte, sah sie aus wie eine Mischung aus bombastischer Teekanne und nordischer Rachegöttin.

»Ich habe gehört, was in der Schule passiert ist. Ab in den Wagen.«

Ich hatte nicht damit gerechnet, dass es dann doch so schnell nach Hause gehen würde. Zum Packen war keine Zeit, vielleicht hatten sie meine Habseligkeiten auch schon verbrannt. Durch das Wagenfenster wollte ich dem kleinen Ort, den ich zwei Tage lang mein neues Heim hatte nennen dürfen, schüchtern zum Abschied winken. Doch dann bemerkte ich, dass wir den Ort nicht verließen.

»Wo geht's denn hin?«, getraute ich mich schließlich zu fragen, und grollend erwiderte meine Gastmutter: »Zur Kirche.«

So leicht würde ich also nicht davonkommen. Im besten Fall hatte die Gemeinde einen kleinen Exorzismus für mich organisiert, im schlimmsten Fall warteten schon alle mit Fackeln und Mistgabeln auf mich.

Wir stoppten hinter der Kirche in einem kleinen Wäldchen. Meine Gastmutter sah mich an, als ob es ihr ein wenig leid täte, dass sie mich nun mit dem Spaten erschlagen und verscharren müsse. Schließlich sagte sie: »Du bist wirklich nicht aufgestanden, um auf die Flagge zu schwören?«

»Nein«, murmelte ich kleinlaut und vergrub meinen

Kopf in meinem Jackenkragen. Das folgende Donnerwetter wollte ich lieber nicht hören. Aber ich hörte nur ein Seufzen, dann ein Kichern.

»Großartig!«, rief meine Gastmutter aus, langte in ihre Handtasche und zauberte eine Lunchbox mit Snoopy-Aufdruck hervor. Sie öffnete die harmlos wirkende Schachtel und entnahm ihr eine enorme Zigarre. Wollte sie mich damit verprügeln?

Meine Gastmutter schnitt die Zigarre mit einer Nagelschere auf. Vielleicht sollte ich durch den Verzehr von Nikotin sterben. Wenn man meine Vorgeschichte bedachte, könnte sie es leicht wie einen Unfall aussehen lassen. Aber meine Gastmutter lehnte sich zurück und gab mir eine ganz andere Lektion, die ich nie vergessen sollte:

»Weißt du, Amerikanerin zu sein ist nicht immer leicht. Ständig müssen wir lächeln, uns überall rasieren und unseren Kindern die Ohren zuhalten, wenn wir fluchen. In den Sechzigerjahren wurde dann vieles einfacher. Es war leicht, an Drogen zu kommen, alle entspannten sich ein bisschen.«

Sie nahm ein Tütchen aus der Snoopy-Box und füllte die Zigarre mit deren Inhalt – mindestens vier Gramm recht eindeutiges Gewürz, wie ich erstaunt bemerkte.

Kopfschüttelnd fuhr sie fort: »Dann kamen die Siebziger und machten alles zunichte. Um an Entspannung zu kommen, musste ich mir was einfallen lassen. Also wurde ich Polizistin.«

Sie zündete die Zigarre an, rauchte und schaute mich an:

»Was du da heute in der Schule getan hast – ist durchaus ausbaufähig!«

Sie zog erneut an der Zigarre und bekam einen Lachkrampf. Dann wischte sie sich die Tränen aus den Augen, strich mir mütterlich über den Kopf und erklärte: »Das war kein echtes Gras. Ich wollte nur mal schauen, wann dir die Augen aus dem Kopf fallen. Aber genau darum geht es. Etwas Unerwartetes zu tun, den Leuten mal so richtig auf das Brett vor ihren Köpfen hauen. Und das hast du heute getan, ich bin stolz auf dich, mein Kind, weiter so!«

Sie drehte den Zündschlüssel um, und wir fuhren Richtung Stadtzentrum, nicht zum Flughafen. Ich war immer noch sprachlos. Wohin war ich geraten? War das ein Test für eine neue Unterhaltungsshow, etwas wie »David Lynch's versteckte Kamera?« Oder konnte es sein, dass ich in einer unglaublich amerikanischen Polizistin wirklich eine Verbündete fürs Leben gefunden hatte?

Als wir kurz darauf vor dem Laden für Scherzartikel hielten, beantwortete meine zweitbeste Mutter aller Zeiten meine Fragen, indem sie mich vertrauensvoll um Rat fragte: »Was, meinst du, kommt besser zu Halloween an? Ein Spray, das sofort nur nach faulen Eiern riecht oder eines, dass erst nach Vanille duftet und das Eier-Aroma erst nach einer Stunde entfaltet?«

Wir entschieden uns schließlich für beide Varianten, um in Zukunft auf jede erdenkliche Situation vorbereitet zu sein.

Meine verbleibende Zeit in East Windsor verbrachte

ich hauptsächlich damit, in der Schule schüchtern zu lächeln und den Cheerleadern auszuweichen. Mister Halliwell glänzte durch Nichtexistenz, die Theatergruppe ebenfalls. An Nachmittagen tat ich, was eine gute amerikanische Tochter so tut, wenn sie mit ihrer noch besseren amerikanischen Mutter unterwegs ist: Zeitungen austeilen, Pfadfindertreffen organisieren, Muffins backen, Unkraut jäten – und ganz nebenbei die Gesellschaft aus der Fassung bringen. Ich habe wenige gute Freunde gewonnen und viele neue Eindrücke hinterlassen. Wie ich nach meiner Abreise erfuhr, ist Jennifer schließlich Ballkönigin geworden. Der Abend wäre perfekt für sie gelaufen, wenn ihre Limousine nicht auf dem Weg zum Tanzsaal von einer Polizeistreife gestoppt worden wäre. Die Beamtin war jedoch sehr nett zu sämtlichen Jennifers im Wagen. Sie bestätigte ihnen lächelnd, wie bezaubernd alle aussähen, und bot an, schnell noch mal allen ihr Haarspray zu erneuern. Sie habe da ein Fläschchen dabei, eine ganz neue Formel mit Vanilleduft.

Mein Lieblingsbuch

Am Anfang war es nur eine Amour fou, aber das liegt an meinem Aszendenten. Da bin ich nämlich Löwe und gehe deshalb auch in der Liebe immer auf die Alten, Kranken und Schwachen los, um sie von der Herde abzusondern, zu verschlingen und somit ein natürliches Gleichgewicht in der Welt zu schaffen. So fing es auch mit uns an, an jenem denkwürdigen Tag.

Mein Lieblingsbuch lag da, hilflos, auf verlorenem Posten, auf dem Wühltisch der Bahnhofsbuchhandlung. Es lag dort schutzlos unter lauter Mängelexemplaren und schrecklichen Frauen-für-Frauen-Büchern mit schmerzfreien Titeln wie »Auf der Pizza steht Amore – die Gigolo-Diät« oder »Meine Macken, meine Männer, meine Menopause«.

Zu allem Überfluss hatte man mein Lieblingsbuch auch noch zusätzlich gedemütigt, indem man ihm einen riesigen, pfeilgiftfroschfarbenen Sticker auf den Einband geklebt hatte, auf dem die beiden Worte »Letzte Gelegenheit« prangten. Als ich das las, ging ich einen Augenblick in mich und dachte über den schmalen Grat zwischen Werbung und Warnung nach.

Wenn ein zum Verkauf stehender Artikel mit »Letzte Gelegenheit« angekündigt wird, muss ich immer an meine Tante Anneliese denken. Bei meinen seltenen Besuchen in ihrem Haus bot sie mir stets sofort einen kleinen Snack an, immer begleitet von den denkwürdigen Worten: »Katinka, isst du den Salat vielleicht noch, sonst schmeiß ich den jetzt endgültig weg.«

Im Nachhinein gefällt mir besonders das Wort »endgültig« an diesem Satz, damals eher nicht. Man bekommt so eine gruselige Vorstellung von einem unschuldig verurteilten gemischten Salat, der monatelang in der Todeszelle von Tante Annelieses Kühlschrank herumgammeln muss, bis eines Tages ein heller Lichtstrahl in das Gemüsefach fällt. Und während der Salat ein letztes Mal Hoffnung schöpft, war es das dann. Katinka hat die letzte Gelegenheit nicht genutzt, das Urteil ist endgültig besiegelt, der Salat kommt weg, ab in die Tonne. Ich höre im Geiste die Joghurtbecher und Camemberts von den Rängen rufen: »Dead Salad walking, Dead Salad walking …« Aber das ist eine ganz andere Geschichte.

»Soll ich es Ihnen vielleicht lieber einpacken?«, unterbrach mich die Verkäuferin in meinen Gedanken. Sie hatte mich schon eine Weile misstrauisch beobachtet, wie ich mit Tränen in den Augen zärtlich über den »Letzte-Gelegenheit«-Aufkleber strich. Dann überschlugen sich die Ereignisse.

»Äh, nein danke, es geht so«, antwortete ich mit fester Stimme.

So hatte also das Schicksal unseren gemeinsamen Weg besiegelt. Ich hatte mit einem Buch geflirtet, aus

Mitleid, und jetzt hatte ich es einfach gekauft. Wie sollte es weitergehen mit uns?

»Tütchen vielleicht?«, bohrte die unterbeschäftigte studentische Hilfskraft nun nach.

Aber die junge Liebe zeigt sich immer dann am leidenschaftlichsten, wenn die Umstände und Mitbürger gegen sie sind. Erhobenen Hauptes ließ ich die sogenannte Buchhändlerin wissen: »Nein, ich brauche bestimmt kein Tütchen, meine Liebe! Denn ich gedenke, dieses Buch zu lesen, o ja, vor Ihnen und vor der ganzen Welt, auch vor Gott, wenn es sein muss ...«

»Schöne Fahrt dann auch«, erwiderte die arrogante Tiftel und nahm sich des nächsten Kunden an.

Ich ging nach Hause, mein neues Lieblingsbuch dabei fest umschlungen, denn längst hatte ich vergessen, was für ein Anliegen mich in den Bahnhof geführt hatte.

Daheim angekommen, knibbelte ich unter Wasserdampf zunächst den schrecklichen Aufkleber von meinem Lieblingsbuch ab. Zum ersten Mal sah ich nun auf seinen blanken Titel, und, bei Gott, er war wunderschön, erhaben und imposant zugleich: »Lexikon der schönsten Sprichwörter und Zitate – Superpreisleistung«.

Endlich, der Hauptgewinn!

Ansonsten gab sich mein Lieblingsbuch sowohl bescheiden als auch geheimnisvoll. Weder seinen Verfasser noch seinen Herausgeber gab es gleich auf seinem Umschlag preis. Das gefiel mir. Das gefiel mir sehr. Mein neues Lieblingsbuch stand also auf Spielchen. Und ich spielte mit. Ganz langsam wollte ich ihm seine intimsten Geständnisse entlocken.

Ich ging behutsam vor. Bevor ich grob seine unzähligen Seiten aufschlug, las ich mir die Umschlagrückseite durch. Allein die ersten beiden Sätze brachten mich fast zum Weinen. Dort stand es, in schwarz auf klosteinfarben: »Es gibt viele Gelegenheiten, in denen man sich der Zitate, Bonmots und Aphorismen berühmter Dichter und Denker ebenso wie volkstümlicher Sprichwörter gern bedient. Richtig angewandt, sind sie eine Bereicherung für alle Reden und Briefe, in Diskussionen und bei persönlichen Gesprächen.«

Ich schluchzte. Vor Freude. Mein Leben würde sich ab nun von Grund auf ändern. Denn wie viele Reden, Briefe, Diskussionen und vor allem persönliche Gespräche hatte ich in meinem kurzen Dasein schon völlig versaut, weil ich ein Sprichwort falsch angewandt hatte. Ab jetzt würde alles anders werden. In heißer Erwartung schlug ich nun mein Buch auf und – erlebte die erste große Enttäuschung. Mein Buch war nicht nach Gelegenheiten und Anwendungsgebieten, nach Briefen oder persönlichen Gesprächen geordnet, sondern schnöde alphabetisch.

»So ist es sehr übersichtlich«, wollte mich das sachlich gehaltene Vorwort trösten, aber ich schlug mein Lieblingsbuch enttäuscht zu. Alphabetisch! Wenn ich mein Leben alphabetisch geordnet hätte, wäre ich heute immer noch bei Aalsuppe!

In meiner ganzen Wut und meiner Traurigkeit gab mir das Schicksal jedoch einen Wink. Von mir brutal zugeklappt und zurückgewiesen, stürzte sich mein Lieblingsbuch in selbstmörderischer Absicht von der Tischkante. Mit aufgeschlagenem Bauch landete es bei dem Buchstaben H.

H wie Hamster.

Neugierig hob ich das Buch auf: Gab es tatsächlich eine Gelegenheit, um ein Sprichwort über Hamster loszuwerden? Natürlich. Es lautet: »Dem fleißigen Hamster schadet der Winter nicht.«

Stimmt. Spontan fielen mir mehrere ungeschriebene Briefe ein, in welche ich diesen klugen Spruch durchaus einweben konnte. Aber von welchem klugen Menschen stammte dieser Satz? Der detailverliebte Quellennachweis folgte auf dem Fuße: »Wahrscheinlich deutsches Sprichwort.«

Toll.

Lies einfach weiter, befahl mir eine innere Stimme. Und tatsächlich, allein vierzehn Sprichwörter zum Schlagwort »Hase«, darunter mein absoluter Liebling, ein mongolisches Sprichwort, das mich wissen ließ: »Den toten Löwen kann jeder Hase an der Mähne zupfen!«

Sehr schön.

Ich ließ mich einfach treiben, blätterte weiter und versank schließlich in den unendlichen Möglichkeiten und überraschenden Wendungen, die mein Lieblingsbuch für mich seitdem bereithält. Zwischendurch wird es ganz schön verrückt. So beinhaltet es beispielsweise einen Ausspruch von Sting, auf den man gewiss öfter in Reden, vielleicht auch gegenüber seinem Brötchengeber, zurückgreifen sollte. Er lautet: »Kokain ist die Art und Weise Gottes, dir mitzuteilen, dass du zu viel Geld hast.«

Und unter welchem Schlagwort finden wir dieses Bassisten-Bonmot? Unter »Kokain«? Falsch! Vielleicht unter »Art und Weise«? Auch falsch! Dann unter »Gott« oder unter »Geld«? Ebenfalls falsch! Es steht unter dem Schlagwort »Du«. Und mehr noch: Das Sprichwort »Der Kranke spart nichts als seine Schuhe« taucht nicht nur einmal in meinem Lieblingsbuch auf, o nein, es wird ganze siebenmal aufgeführt. Was auch erklärt, warum es insgesamt so viele Sprichwörter und Zitate mit dem Buchstaben A beinhaltet. A wie »als«, was sonst?

Am allerbesten an meinem Lieblingsbuch gefällt mir bisher, dass es völlig wertfrei mischt und gern auch mal das Gegenteil behauptet. Ich möchte nur ganz schnell ein paar Worte über das »Glück« zitieren:

»Der hat gut tanzen, dem das Glück aufspielt.«
Deutsches Sprichwort (auch unter »gut« und »der« zu finden)

»Glück ist für mich Frieden. Innerer Frieden und der Friede nach außen.«
Hannelore Kohl (Ruhe in Glück)

Zu dem Thema Glück kommt in meinem Lieblingsbuch tatsächlich fast jeder zu Wort. Mein Favorit in dieser Kategorie: »Wer sagt, dass man Glück nicht kaufen kann, hat keine Ahnung von Shopping.« (David Lee Roth)

Aber das Schönste, was mein Lieblingsbuch für mich getan hat, ist, seine letzten beiden Seiten freizuhalten. Dort steht am oberen Rand: »Raum für eigene Notizen«.

Dort habe ich bisher eingetragen: »Was den Menschen wirklich beschäftigt, das möget ihr an seiner Klolektüre erkennen.« Natürlich wird es in der zweiten Ausgabe, die mein Lieblingsbuch und ich zusammen planen, unter dem Stichwort »Möget« stehen, wo denn sonst?

Mutter Erde weint

Mutter Erde weint, und keiner hört es. Anscheinend sieht es auch keiner, obwohl Mutter Erde ganz eindeutig ihre Strumpfhose aufgeribbelt hat, und das Knie blutet bestimmt, Mutter Erde kann das spüren, trotz der eisigen Kälte. Und endlich handelt jemand. Eine gottgleiche Stimme bellt durch ein Megafon: »Es kann doch nicht so schwer sein, in seiner Umlaufbahn zu bleiben. Alle noch mal auf Anfang!« Aber Mutter Erde kann nicht mehr. Sie bleibt auf dem Rasen liegen und wartet.

»Nun komm schon, Katinka, wir helfen dir hoch. Gleich sieht man eh nichts mehr, dann ist Drehschluss!«

Mühsam hilft man mir von zwei Seiten hoch. Dass man gleich nichts mehr sieht, ist für mich unerheblich, weil ich schon seit zwei Stunden nichts mehr sehe. Obwohl ich doch, »verdammt noch mal, was sehen müsste«, so zumindest bellt der Regisseur, schließlich hätte ich ja Gucklöcher.

Stimmt schon, ich habe Gucklöcher, leider liegen die in Kuala Lumpur, und das ist hinten, weil sich mein Kugelkopf immer dreht, sobald ich um meine Umlaufbahn kreise.

»Das ist ja auch richtig so!«, sagt die Frau von der Aufnahmeleitung.

Dass das wirklich richtig so ist, haben wir alle erst in der letzten Drehpause gelernt. Da hat die gesamte Crew extra im Internet nachgesehen, ob die Erde sich um sich selbst dreht, während sie um die Sonne kreist. Tut sie, also dreht sich auch mein Kopf, während ich heute zum zwölften Mal im Rheinenergie-Stadion bei Flutlicht um den Mittelkreis hotte, in dessen Zentrum wiederum eine genervte Teenagersonne steht, die auch nach Hause will. Die Sonne ist schon den ganzen Tag am Keifen, weil sie ein ehemaliger Kinderstar ist und das alles angeblich nicht nötig hat. Die Sonne nervt mich, auch wenn ich sie nur alle sechs Sekunden sehe, also wenn meine Augen gerade hinter Kuala Lumpur sind.

Alle anderen Planeten durften schon nach Hause gehen, Mars und Pluto, weil sie außerhalb des Bildes kreisten, der dicke Saturn, weil er seine Ringe immer verlor. Venus hatte noch eine Reitstunde, und Mars musste zum Karatetraining. Heute Nachmittag habe ich zum ersten Mal verstanden, welche negativen Folgen die Globalisierung tatsächlich hat. Es ist nicht automatisch gut, wenn Kinder was für Kinder produzieren, seien es nun Markenturnschuhe in Indonesien oder eben Lehrfilmchen für den Kinderkanal.

Die Sonne greint schon wieder, weil sie ihre Rolle nicht versteht.

»Scheinen, Baby, scheinen!«, murmele ich und frage mich, warum ich nichts Anständiges gelernt habe. Dann keimt in mir die Frage, ob man diese Wissenschafts-

show für Kinder nicht doch hätte anders gestalten können, irgendwie unaufwendiger. Als mir der Regisseur,
mit dem ich bis vor kurzem lose befreundet war, von
dem Dreh erzählte, klang das auch alles ganz anders.
Ich sah mich als eine Art weiblichen Ranga Yogishwar
die Galaxis erklären, hübsch geschminkt, angetan mit
einem türkisfarbenen Sari. Erst als ich am Set den Ver-
trag unterschrieben hatte, bemerkte ich, dass wir, die
Laiendarsteller, die lustigen Planeten sind, die riesige
Styroporkugeln um den Kopf herum tragen. Und da ich
die einzige Volljährige vor der Kamera bin, darf ich die
größte Rolle spielen: Mutter Erde. Dass die Sonne, rein
wissenschaftlich gesehen, einen Hauch größer ist, ist für
den Film eher unerheblich, das kann man später in der
Postproduktion tricksen, wurde mir erklärt. Alles jedoch, was meine Rolle angeht, kann man nicht tricksen.
Gestern haben wir die Mondfinsternis gedreht, das war
okay, bis der Mond sich zwei Schneidezähne an mir aus-
gehauen hat. Aber die mussten eh raus, anders als meine
Kniescheibe gerade.

»Wenigstens können wir das Kostüm kleben«, sagte
die Produktionsassistentin, zog das alte Kind aus seinem Kugelkopf und pflückte ein anderes vom Feld. Den
Alexander hat sie genommen, der noch vom Jupiter-
Einzeldreh dageblieben war, der Streber. Alexander ist
als Mond schon in Ordnung, aber menschlich eher so
ein kleiner Kotzbrocken. Na ja, so ein typisches Kind,
das bei Filmdrehs mitmachen darf. Kaum größer als sein
Handy, aber schon Sätze sagen wie: »Wir waren mit der
letzten Putzfrau ja nicht so zufrieden.«

Kinder! Plappern jeden Dreck nach. Zum Glück höre ich in meiner Kugel nichts, außer den Regisseur, wenn er durchs Megafon bellt, und der bellt gerade, dass wir erst das Bild neu einstellen müssen, also Pause, aber bitte im Kostüm bleiben.

Natürlich bleibe ich im Kostüm. Erstens bin ich erwachsen, zweitens komme ich allein gar nicht heraus. Finsternis bedeckt die Erde. Rundherum.

Eigentlich ganz gemütlich hier drin. Vielleicht klebe ich mir morgen ein Radio ans Ohr, zur Unterhaltung. Als die Requisiteurin gestern versucht hat, mich durch Kuala Lumpur hindurch mit Keksen zu füttern, hat das eine Menge Ärger gegeben und eine Mordssauerei. Also esse ich nur noch außerhalb meines Kostüms, aber dann ständig.

Vorgestern saß ich beim Essen hinter dem neuen Mond, Alexander, dem großen Schlauberger, der über Telefon seine Sommerferien plante: »Nicht in die Normandie, Papa? Ach so, Gigi kann die Kälte in dem Schloss nicht ertragen, das verstehe ich natürlich.«

Ich vergaß, dass ich gerade keinen Globus auf dem Kopf hatte und grinste feist. Mond-Alexander sah mich gekränkt an und bemühte sich, mir die Sachlage zu erklären: »Meine Oma Gigi war Primaballerina. Zarte Körper frieren leichter, wie man weiß.«

Verdattert antwortete ich: »Meine Oma hat gern Eintopf gemacht!«

Verächtlich schaute der achtjährige Mond mich an. Ich merkte, dass ich bei dem Blag auf diese Art nicht punkten konnte, also legte ich nach: »Aber mein Opa war Nazi!«

Der Mond wandte sich ab. Ich überlegte, ob ich wirklich so perfekt geeignet für die Rolle war, wie ich dachte. So wie ich mit Kindern umgehe, sollte ich vielleicht mal drüber nachdenken, mir die Eileiter verlöten zu lassen.

Vielleicht kann ich wenigstens heute mit Professionalität vor der Kamera glänzen, der Regisseur will mir zumindest die Gelegenheit geben, indem er die Pause für beendet erklärt:

»So, jetzt aber! Letztes Bild für heute. Erde bitte drehen, aber bitte schneller, auch den Kopf!«

Ich stelle mich in Position. Mit blutigen Knien, schwerem Muskelkater, vom Mond verachtet, von der jugendlichen Fernsehnation schon sehr bald missverstanden.

Letztes Bild für heute, ich gebe alles, was man blind und lahm auf einem Fußballfeld so geben kann, nachdem man zuvor schon ein Schaltjahr lang den Minoritenhagel abgedreht hat. Ich lege alles in die Rolle hinein. Mutter Erde wird jetzt so was von im Kreis herumrennen, da können sich aber noch einige Planeten was von abgucken.

»Und los!«, höre ich den Startbefehl. Ich laufe los, renne einen perfekten Halbkreis, obwohl ich nur den Panamakanal vor Augen habe, jetzt den Pazifik und jetzt …

»Oh, ich muss mal dringend!«, schreit da die Sonne.

»Und stopp!«, brüllt der Regisseur.

Aber nicht mit Mutter Erde. Ich renne das Jahr zu Ende, und dann, wie einst Ikarus, der Sonne entgegen, an der Sonne vorbei, verlasse meine Galaxie und stoße den Regisseur um. Die Sankt-Andreas-Spalte tut sich auf, ich kann das schmerzverzerrte Gesicht des Mannes sehen, der nun endlich sprachlos ist.

»Tja, Wissen macht au«, sage ich und verlasse gemessenen Schrittes das Stadion. Morgen muss ich nicht mehr kommen. Nicht schlimm. Ich glaube, die Klimakatastrophe hätte ich sowieso nicht überlebt.

Was ich dir noch sagen wollte

Manchmal stehe ich nachts auf und suche Greg. Ich google nach Greg, Gregg, Gregory, Gregory J., Gregory Cameron, Greg Jude Cameron. Ich finde immer nur seinen Namensvetter, den südafrikanischen Bischof Gregory Cameron, der stolz grinsend einen neuen Brunnen einweiht. Nichts gegen Bischof Cameron: Er scheint viel Gutes zu tun, und er hat einen feinen Sinn für Hüte mit Wiedererkennungswert. Aber er ist nicht der, den ich suche.

Ich dachte immer, Greg wiederzufinden würde verhältnismäßig einfach werden. Als wir uns kennenlernten, an einem heißen Junitag in Hollywood – ich jobbte damals in einer Jugendherberge –, war er der Einzige in meinem damaligen Bekanntenkreis, der das mysteriöse Internet nicht für eine Biowaffe der Russen hielt. Da ich Greg im Jahre 1995 traf, spricht dieser Umstand nicht gerade für das Allgemeinwissen meiner sogenannten Freunde. Zu ihrer Verteidigung muss ich allerdings erwähnen, dass diese andere Sorgen hatten. Wohnungslosigkeit, Identitätssuche, Beschaffungskriminalität und allerlei andere Zipperlein plagten mein Umfeld, zusätzlich waren die meisten Amerikaner. Ihnen war anerzogen worden, dass zu viel Information Gefahr bedeutete. Greg hingegen stammte aus einer reichen südafrikanischen Familie, hatte in London Grafikdesign studiert und auf seine Weltreise genau das mitgenommen, was Reiseführer mit einem gewissen Sarkasmus empfehlen: halb so viel Gepäck und doppelt so viel Geld, wie man meint, tatsächlich zu brauchen. Aufgrund seiner Liquidität avancierte Greg zunächst zum Liebling der Kollegen in der Jugendherberge und der Bettler auf der Straße.

Greg und ich wurden Freunde, weil ich die Einzige war, die sich schwach daran erinnern konnte, was ein sorgloses Leben bedeutete, und er als Mann absolut nicht mein Fall war. Doch wenn er morgens die Treppe heruntergaloppierte, groß, blond und angetan mit fürchterlichen Trekkingsandalen, mit klarer Stimme den Koksleichen ein freundliches »Guten Morgen, Sonnenschein!« entgegenschmetterte, mich anstrahlte und fragte: »Sollen wir heute mal die Gegend entdecken – zu Fuß!?«, dann war es um mich geschehen. Greg wurde zu meinem allwöchentlichen Reiseleiter, wenn ich Urlaub von mir selbst benötigte.

Wir wären nicht in Hollywood gewesen, wenn nicht Gregs größte Stärke gleichzeitig seine größte Schwäche gewesen wäre. Greg sah sehr gut. Ihn als den eher visuellen Typ zu bezeichnen, wäre untertrieben. Er war ein Nur-Seher, ein Monotalent, das sich mehr oder weniger auf diesen einen seiner fünf Sinne zu verlassen schien. Zu seinem Pech hatte er zu diesem sensorischen Hauptfach keine Fortbildungskurse besucht: Greg sah nicht in die Zukunft, er durchschaute die Dinge nicht, er sah kein Gut oder Böse, er sah nichts in einem größeren Zusammenhang und guckte nicht ab. Greg kam, sah – und freute sich. Er schien es für unnötig zu halten, etwas zu erfühlen, zu hören, zu schmecken oder zu riechen.

Zum ersten Mal fiel mir seine Behinderung auf, als wir in einem Café auf der Melrose Avenue saßen und vergorene Milchshakes serviert bekamen. Ich spuckte den ersten Schluck direkt wieder aus, er nahm einen tiefen Zug aus seinem Strohhalm, und während ich lautstark vor mich hin würgte, sagte er verträumt: »Also, dein orangefarbenes Haar mit den Augen, neben dem gestreiften Schirm, dieses Art-déco-Design dazu, das ist sooo … amerikanisch! – Oh, nein, da vorne steht ein Mann mit Cowboyhut neben einem Plastikpferd, guck doch mal!«

Ich sprang auf und kippte Gregs Milchshake vom Tisch. Ich versuchte ihm zu erklären, dass auch er sich keine Lebensmittelvergiftung leisten könne, aber Greg hörte gar nicht zu. Er beobachtete das faszinierende Farbspiel der Milcheisbrocken, die in der untergehenden Sonne langsam Richtung Santa Monica Boulevard flossen.

Von diesem Moment an war mir klar, dass jemand auf Greg aufpassen musste – und dass ich für diese Aufgabe in keinem Fall geeignet war. Alles, was ich tun konnte, war, Greg weiterhin bei seinen Ausflügen zu begleiten, seine Zunge, seine Hand, sein Ohr, sein Verstand zu sein. Ein bisschen funktionierte es. Allerdings war ich stets, wenn Greg aufgeregt auf mich zu rannte und wie verrückt mit dem Zeigefinger auf irgendwelche Plakate, Straßenhuren oder Kakerlaken deutete, versucht zu fragen: »Okay, Lassie, was hast du gesehen? Bist du sicher, dass das nicht gefährlich ist? Oder vielleicht pfui?«

Gregs finanzielle Situation ermöglichte es uns, die meisten Abenteuer unbeschadet zu überleben. Er war auch gut darin, Taxis zu erspähen, wenn es brenzlig wurde. Die völlig Verrückten hielten sich zum Glück von uns fern, weil sie *uns* für völlig verrückt hielten.

Einmal lud Greg mich zu einem David-Bowie-Konzert ein, die *Nine Inch Nails* sollten die Vorgruppe geben. Allein das Anstehen für die Karten brachte Greg völlig aus dem Häuschen. Menschen guckte er am liebsten.

»Schau doch, sie prügeln sich! Und der große schwarze Kerl da, er hat Beine wie Baumstämme. Hallo! Hallo, Mister! Ich wollte sagen: Guten Morgen, Sonnenschein!«

In solchen Situationen stand ich da und versuchte, betreuend auszusehen. Ich lächelte Mister Baumstammbein patent zu, gestikulierte in einer Art mit den Händen, die ich für beschwichtigend hielt, und ließ mir Ausreden für Gregs merkwürdiges Verhalten einfallen. Dabei wog ich je nach Fall blitzschnell ab, ob ich dem wütenden Gegenüber nun diskret zuflüstern sollte, dass Greg beschränkt, schwul oder nicht aus dieser Gegend sei. Die meisten verpassten ihre Chance, Greg zu schlagen, weil er wieselflink in eine andere Richtung sauste – er sah schnell etwas Neues.

Das Konzert als solches war ein Reinfall. Während Mister Bowie seinem Alter gemäß über die Bühne rockte, waren dem Publikum Sitzplätze zugewiesen worden. Stimmung kam keine auf, die Akustik war grauenhaft, Greg hielt die Bühne für suboptimal ausgeleuchtet. Allerdings fanden seine Augen eine Ersatzattraktion, die direkt neben uns saß: ein in Lack und Leder gekleidetes Pärchen. Sie hielt ihn an einem Nasenring an der Leine und fütterte ihn gleichzeitig mit Popcorn. Zwei Stunden lang starrte Greg die beiden an, mit offenem Mund, und ich beobachtete wiederum ihn, in der Hoffnung, eingreifen zu können, wenn sein Spannergebaren entdeckt und geahndet werden würde. Seither kann ich die Menschen verstehen, die die Typen im Auge behalten, die Anglern zusehen.

Nach einigen Monaten, als ich fast sicher war, dass es einen Schutzengel gab, der seinerseits über den sehenden Greg wachte, passierte etwas Furchtbares. Greg hatte etwas gesehen, worüber er nachdachte. Und dieses Etwas erblickt zu haben, war alles andere als schön. Nur bruchstückhaft vertraute er mir an, welches Grauen er gesehen hatte und ihn fortan nicht mehr losließ:

»Ich glaube, es sind die Japaner. Vielleicht ist es bei denen einfach anders. Aber ich finde es widerlich.«

Mehr wollte und konnte Greg nicht sagen. Ein Bild war unauslöschlich auf seiner Hirnfestplatte gelandet und ließ sich nicht mehr löschen. Tagelang versuchte ich herauszufinden, was die Japaner denn nun anders machten und so abstoßend sein könnte. Aber wenn ich Greg behutsam auf das Thema ansprach, schrie er entsetzt auf und hielt sich die Ohren zu. Und dabei fiel mir etwas auf.

»Greg, was ist mit deiner Hand?«, fragte ich, als er dieselbe gerade wieder von dem linken Ohr entfernte.

Unglücklich schaute Greg mich an: »Ich weiß nicht. Aber es ist fast so widerlich wie die Japanersache.«

Obwohl ich immer noch nicht wusste, was die Japanersache war, konnte ich nun mit einiger Sicherheit sagen, dass sie ziemlich ekelhaft gewesen sein musste. Gregs linke Hand war feuerrot und von eitrigen Pusteln übersät. Sie wirkte aufgebläht und unecht. Es sah aus, als hätte sich ein riesiges Schinken-Käse-Croissant in Gregs Hand festgebissen.

»Ich weiß nicht, woher es kommt«, heulte Greg, »aber es sieht … nicht nach mir aus.«

»Was sagt der Arzt?«, erkundigte ich mich, immer noch fasziniert auf die Croissant-Hand starrend.

»Dass meine Versicherung hier nicht gültig ist. Und dass es psychosomatisch bedingt ist. Ich will es nur nicht mehr …«

Ich beendete seinen Satz: »… ansehen?«

Greg schniefte und nickte.

Ich schätzte die Größe des Problems ab und besorgte Greg ein paar schwarze Lederhandschuhe in Größe XL. Erstaunlicherweise fiel er durch diese Accessoires bei dreißig Grad im Schatten in unserer Wohngegend weniger auf, als er dachte. In der Jugendherberge passte er sogar plötzlich etwas besser ins Gesamtbild und wirkte bei seiner Putzschicht neben der iranischen Transe und den durchgedrehten schottischen Zwillingen nicht mehr so farblos. Trotzdem wurde schnell klar, dass wir das Problem nicht gelöst, sondern nur lustig angezogen hatten.

Gregs Ersparnisse versiegten langsam, und obwohl er über eine Arbeitserlaubnis und Kontakte zu Agenturen verfügte, traute er sich mit seinen Lederhänden nicht zu einem Vorstellungsgespräch. Es kam, wie es kommen musste: Greg buchte einen Rückflug nach Kapstadt.

»Aber vorher machen wir noch irgendetwas Spaßiges zusammen«, versprach er mir, um mich zu trösten.

Es war der 3. Oktober 1995, und etwas Spaßiges anzustellen, war mittlerweile auch für Greg zur Kostenfrage geworden. Disneyland oder Abendessen fielen somit aus, ich spielte mit dem Gedanken, Greg einfach ein Kaleidoskop zu kaufen und ein paar Drinks zu spendieren. Aber Greg hatte andere Pläne. Völlig aufgekratzt schubste er mich in den 420er Bus und erklärte mir, dass wir heute Geschichte live erleben würden, denn heute sei der Tag der Tage.

Zu meiner Schande muss ich gestehen, dass ich nicht die geringste Ahnung hatte, wovon Greg sprach, bis der Bus die ersten Hochhäuser passierte. Wir befanden uns, zum ersten Mal, seit ich mich in den USA befand, in Downtown Los Angeles.

Neben vielen anderen Gerüchten war auch jenes über Downtown Los Angeles absolut wahr: Viele glauben nicht, dass diese Stadt tatsächlich existiert. Es ist das Bielefeld Kaliforniens. Dennoch merkt man sofort, wenn man dort angekommen ist. Die Temperatur sinkt um zehn Grad, der Bus, aus dem man soeben ausgestiegen ist, verschwindet plötzlich im Nichts, und du weißt: Wenn sie dich einmal hier haben, lassen sie dich nicht so schnell wieder raus.

Ich hatte jedoch nicht mit der Menschenmasse ge- rechnet, die uns augenblicklich mit sich zog. Wahr- scheinlich hatte ihr Erscheinen mit den vielen Kameras zu tun, den Ü-Wagen und Reporterteams, die sich vor dem Gebäude postiert hatten, zu dem wir hingespült wurden. Und auf einmal fiel es mir wie Schuppen von den Augen: Heute würde ein historischer Tag sein, und wir waren ganz genau dort, wo es passieren würde. Wir standen vor dem Gerichtshof, in dem in wenigen Minu- ten das Urteil gegen einen prominenten Angeklagten gesprochen werden würde: O.J. Simpson.

»Was für ein Anblick!«, juchzte Greg.

»Was für ein Selbstmordkommando«, raunte mir ein Reporter durch das vergitterte Fenster seines gepanzer- ten Fahrzeugs zu. Als ich daraufhin den Reporter ansah, fiel mir etwas an ihm auf, was mir sonst lange nicht zu- erst an einem Menschen aufgefallen war: seine Hautfar- be. Er war weiß, genau wie Greg, ich und niemand sonst im Umkreis von vierhundert Metern. Wir standen in- mitten eines aufgebrachten afro-amerikanischen Mobs. In wenigen Minuten würde Orental James Simpson des Mordes für schuldig befunden werden, und die Rassen- unruhen würden nicht, wie prognostiziert, erst Minuten später in den Ghettos beginnen, sondern direkt hier vor dem Justizgebäude, weil zwei dämliche Touristen sich dankenswerterweise als Opferlämmer eingefunden hat- ten.

Dann geschahen zwei sehr ungewöhnliche Dinge: Greg sah nicht nur, er schien die Lage zu durchschau- en. Er wurde kreidebleich und flüsterte mir zu: »Mir ist etwas mulmig zumute. Ich glaube, wir sollten etwas tun.«

Also beteten wir. Wir beteten um Gnade für einen Doppelmörder, den gefallenen Helden eines Landes, das nicht unseres war. Der ein Spiel spielte, dessen Regeln wir nicht verstanden, und den wir bis zum letzten Jahr nur als Trottel vom Dienst aus »Die nackte Kanone« gekannt hatten. Wir beteten laut und inbrünstig, wir falteten die Hände.

»Nette Idee mit dem Handschuh!«, unterbrach eine kräftige Hausfrau in der Reihe hinter uns unseren spontanen religiösen Anfall. Ich zuckte mit den Schultern, sie deutete auf Gregs Hand. Anscheinend war sie sich ihrer psychosomatischen Verantwortung erneut bewusst geworden und auf das Vierfache ihrer Normalgröße angeschwollen. Sie war eine schwarze Presswurst an Gregs Arm, ein Boxhandschuh, der aus allen Nähten platzte. Es war selbst im Angesicht des Todes ein widerlicher Anblick. Greg fand ihn natürlich faszinierend. Die Leute um uns herum fanden es cool: »Genau, Bruder, du zeigst es ihnen. Der Handschuh hat nicht gepasst, also ist O. J. nicht schuldig!«

»Wo hast du das Ding her, ich will auch so eines!«

»Seht ihr, Leute, es ist keine Frage von Hautfarbe hier, es geht einfach darum, ob man an O. J. glaubt oder nicht. Wie unser Freund hier!«

Die Umstehenden klopften uns auf die Schultern, wir alle stimmten ein in den Schlachtruf: »The glove didn't fit! The glove didn't fit!«

Greg reckte seine riesige Faust am höchsten. Er schrie,

schwitzte, umarmte die Umstehenden und hörte auf das, was sie zu ihm sagten. Und ich sah mir die Szene an. Ich dachte in diesem Moment nicht darüber nach, dass Greg seine Kindheit in den Zeiten der Apartheid verbracht hatte. Auch nicht über die Tatsache, dass seine Eltern durchweg schwarzes Personal auf ihrer Farm beschäftigten und Greg sich trotzdem nie mit der Frage des allgegenwärtigen Rassismus, ob in Südafrika oder hier, beschäftigt hatte. Er war sein bisheriges Leben lang zu sehr damit beschäftigt gewesen, sich alles anzuschauen und sein Urteil nur aufgrund von optischen Gesichtspunkten zu fällen. Etwas war schön oder faszinierend, widerlich oder grotesk. Aber bisher hatte es ihn nicht näher betroffen. Was ich in diesem Moment sah, war ein dreißigjähriger Mann, der gerade auf die Welt gekommen war und zu Recht befürchtete, sein neues Leben ganz schnell wieder zu verlieren, wenn er nicht mit allen Sinnen darum kämpfte. Er flippte vollkommen aus, und seine schwarze Hand an seinem weißen, elektrisierten Körper wirkte zugleich irgendwie schön, faszinierend, widerlich und grotesk.

Ich war so mit diesem Bild beschäftigt, dass ich nicht sofort bemerkte, dass O. J. Simpson freigesprochen wurde. Ich hatte damit gerechnet, dass sich, in diesem unwahrscheinlichen Fall, eine riesige Party vor Ort ergeben würde, dass die Menschen jubeln, trinken und noch höher springen würden. Ein weiteres untrügliches Zeichen wäre gewesen, dass Greg aus Erleichterung einen Herzstillstand erlitten haben und tot umgefallen sein würde. Doch als die Nachricht zu uns durchdrang,

nickten die Menschen bloß, einige schrien kurz und bekräftigend auf, dann zerstreute sich die Menge. Langsam
und gesittet spazierten alle zu ihren Autos oder zu den
Bussen, die plötzlich aus dem Nichts wieder aufgetaucht
waren. Die Zeitung »L. A. Weekly« hatte sich auf diesen
unwahrscheinlichen Fall vorbereitet, und Zeitungsver-
teiler drückten jedem Passanten ein Freiexemplar sowie
eine riesige schwarze Pappkarte in die Hand, auf der
»Aquitted« – »Freispruch« – stand.

Auf der Rückfahrt nach Hollywood war Greg sehr
schweigsam. Er umkrallte seine »Aquitted«-Karte wie
ein altes Mütterlein seine Handtasche. Mir selbst wollte
auch kein gutes Gesprächsthema einfallen. Der ganze
Bus schwieg, die meisten Passagiere blickten nachdenklich aus den Fenstern. Als mir doch ein leicht angetrun-
kener Rastafari auf die Schulter tippte und meinte: »Wir
haben euch doch immer gesagt, unser Mann ist unschuldig«, wurde er von allen Mitreisenden strafend nieder-
gestarrt.

Greg und ich stiegen an der Vine Avenue aus, um noch
ein paar Meter zu gehen. Hier, weit weg von der imagi-
nären Stadt namens Downtown L. A., war die Stimmung
gelöster, die weißen, pakistanischen und asiatischen
Ladenbesitzer wirkten erleichtert, packten ihre Schrot-
flinten wieder hinter die Ladentheke und grinsten den
hypnotisierten Greg schief an. Die Schwarzen begrüß-
ten uns mit dem Victory-Zeichen, Greg starrte vor sich
hin. Vor einem Zeitungsstand, dessen Inhaber schnell
reagiert hatte, blieben wir stehen.

»O. J. free! The glove didn't fit!«, stand dort.

»Er hat es getan, oder?«, fragte Greg mich plötzlich.

»Mit einiger Wahrscheinlichkeit«, erwiderte ich.

»Die Leute, ich meine, die Leute vor dem Gerichtshof, die wissen das auch, oder?«

»Anzunehmen«, bestätigte ich.

Greg blickte sich auf der Straße um, so, als würde er zum ersten Mal wirklich sehen, wer sich auf dem Hollywood Boulevard herumtrieb. Nach kurzer Zeit hatte er ein Urteil gefällt: »Und diesen Leuten hier – denen ist das morgen egal, oder?«

Ich stimmte ihm abermals zu.

»Mir ist es jetzt auch egal«, sagte Greg, »aber eben war es mir nicht egal – glaube ich.«

Ich versuchte, Greg zu helfen: »Man muss schon dabeigewesen sein.«

Er nickte lange. Dann sagte er: »Halte mich bitte nicht für einen Rassisten, Katinka …«

Nun war ich wirklich gespannt darauf, wie Greg die Ereignisse der letzten Stunden für sich geordnet hatte.

»… aber was die Japaner auf der Gästetoilette tun, das scheint mir doch extrem unhygienisch. Ich konnte es dir bisher nicht sagen, weil ich Angst hatte, dass du dich genauso ekelst wie ich, aber jetzt sage ich es dir einfach: Sie werfen das benutzte Toilettenpapier in den Mülleimer!«

Ich konnte es nicht glauben – weder, dass unsere asiatischen Gäste so etwas taten, noch dass Greg in diesem Moment tatsächlich darüber nachdachte.

»Bist du sicher?«, fragte ich ihn.

Er lächelte: »Na ja, nicht wie sie es getan haben – aber die Beweisstücke, die habe ich gesehen.«

Am nächsten Tag flog Greg nach Hause. Ich fühlte mich sehr einsam in der ersten Zeit, niemand ging Dinge mit mir ansehen, alles, was mir von ihm blieb, war seine Putzschicht. Ich wollte gerade die Gästetoilette säubern, öffnete die unverschlossene Tür und beobachtete etwas ganz Normales: Azar, die iranische Transe, war gerade von einer Party zurückgekehrt und stand summend vor dem Spiegel. Sie schminkte sich ab, und in Ermangelung von Wattepads benutzte sie das Toilettenpapier. Ein benutztes Blatt nach dem anderen landete im Mülleimer, etliche Schichten tiefbraunen Make-ups waren zu entfernen. Kein schöner Anblick, aber, kannte man die Quelle, nicht wirklich ekelerregend.

Azar verfluchte mich, knallte die Tür vor meiner Nase zu, und ich beschloss, mir eine Pausenzigarette vor der Tür zu genehmigen.

Was hätte ich getan, hätte ich die vermeintlichen Japaner-Verunreinigungen entdeckt? Daran gerochen? Unwahrscheinlich. Nachgedacht? Noch unwahrscheinlicher.

Manchmal stehe ich nachts auf und suche Greg, um ihm zu sagen, dass er sich damals einfach verguckt hat. Aber ich finde ihn nicht. Eines tröstet mich dabei: Ganz egal, wie man es im Nachhinein betrachtet, es bleibt ein historischer Tag, an dem ein schwarzer Handschuh Leben rettete.

Alles wird gut

Irgendwann wird jemand kommen, um mich zu retten. Bald wird auch mir geholfen werden. Jemand wird dafür sorgen, dass der schönste Teil meines Handybildes nicht mehr von dem Betreiberlogo bedeckt wird, und eine patente Mittdreißigern, die in Größe und Bauart der MS Astoria gleicht, wird, angetan mit pinkfarbenem Overall, Laminat-Imitat in meiner Wohnküche verlegen lassen, eine der Dachschrägen apfelgrün streichen und so für mein seelisches Gleichgewicht sorgen. Dann wird sie auch endlich die kleine Wohlfühl-Ecke in meiner Gerümpelecke einrichten, die ich so dringend brauche, mit Papageienblumen und passenden Glasdeko-Steinen, die einen ganz persönlichen Akzent setzen, wie in all den anderen winzigen Dachwohnungen, in denen es so tolle Möglichkeiten zum Platzsparen gibt, man kann ja den Schuhschrank mit dem Teewagen kombinieren, schon hat man alles beisammen.

Und wenn die Fregatten-Frau dann endlich meine Wohnung verlässt, wirkt die Wohnung tatsächlich viel größer, ich kann mich kurz darüber freuen, in meiner Wellness-Ecke, aber dann kommt schon die andere

Frau, die mit mir besser essen will, und mich nur ganz kurz verblüfft, als sie mir pädagogisch eindrucksvoll erläutert, dass es gesundheitlich vorteilhafter wäre, wenn ich zwischendurch eine kleine Magermilchbanane verdrückte statt des Stierkalbs, an das ich mich so als Snack vor dem Fernseher gewöhnt habe.

Fernsehen macht generell dick, sagt sie, nur nicht, wenn man als Ernährungscoach drinsteckt, und ich glaube ihr, weil sie mir das alles zusätzlich noch einmal anhand einer gemalten Pyramide darstellt, die mir sehr ähnlich sieht. Aber wenn ich mich erst mal umgestellt habe, dann kann ich auch wieder shoppen gehen, weil ich ja für abends noch einen Übergangsmantel brauche, den ich mal lässig mit dem altrosa Twinset kombinieren kann. Das erscheint zwar farblich gewagt, aber andererseits ist es ja ein großer Irrtum, wenn man glaubt, man könne mit schwarzen Klamotten alle Problemzonen kaschieren.

Ein noch größerer Irrtum von mir war nur der, dass ich glaubte, keine Problemzonen zu haben. Also shoppe ich mit der Frau, die den Bill von *Tokio Hotel* erfunden hat und auch die rockige Seite von Jeanette Biedermann. Wir shoppen ein paar freche Accessoires, es soll ja auch typgerecht sein, ich bin ja schon eher so eine wilde Maus, sagt sie, und dann lächle ich schüchtern, und wir finden einen tollen Sommerschal mit ganz vielen Totenkopf-Applikationen drauf, aber alle so mit Schleifchen an der Augenhöhle, dann sieht das nicht so nach frisch ausgehobenem Massengrab aus, sondern richtig niedlich.

Dann muss ich vor der Kamera meinen alten, kaputten

Rucksack verbrennen und dabei ein bisschen weinen, aber so, dass die Nase nicht rot wird, weil das nicht in mein neues Leben passt, und dann freue ich mich wieder, in Zeitlupe aus drei Kameraperspektiven, weil ich jetzt eine Handtasche geschenkt bekomme, jetzt kann ich endlich Competition machen. Ich fühle mich stark und viel selbstbewusster, sagt meine beste Freundin Gitti, die mal kurz auf einen Kaffee vorbeischaut und meinen neuen Look bewundert. Gitti kommt öfter mal auf einen Kaffee vorbei, und wir klönen dann über die Männer und Herbstmode, sagt die Produktionsassistentin. Das erscheint mir logisch, denn ich weiß wirklich nicht, über was ich sonst mit Gitti, 34, klönen sollte, ich kenne sie gar nicht. Von Beruf ist die Gitti Single-Frau und gleichzeitig noch Nachbarin, steht zumindest auf ihrem Einblendebalken.

Ausgestattet mit neuem Selbstbewusstsein will ich Gitti fragen, wie sie mit dieser außergewöhnlichen Doppelbelastung fertig wird, aber Gitti muss noch woanders auf einen Kaffee vorbeischauen und sich mit ihrer anderen besten Freundin unglaublich darüber freuen, dass diese endlich ihren Lebenstraum verwirklicht und auf Kreta Ziegenkäse-Welpen streichelt, für einen guten Zweck, aber auch für die Seele, die geben so viel zurück diese Tierchen, das war die ganze Mühe wert, schon wegen der Emotionen.

Als ich das höre, werde auch ich ganz emotional und will alte Gewohnheiten hinter mir lassen, aber ich bin noch nicht so weit, sagen sie.

Die Supernanny muss also her, die hat das nämlich

studiert, und die ist ganz erschrocken darüber, wie wir so miteinander umgehen, ich mit mir und mit mir selbst, da reicht es nicht aus, dass ich mir einen Ball zuwerfe und klare Ziele zu den festen Mahlzeiten formuliere. Ich muss die Supernanny umarmen und fühle die alten Ängste dabei aufsteigen, zum Beispiel die, dass ich die Supernanny beim Umarmen kaputtmache, weil die so klapprig ist, aber die sagt nur: »Lass es raus, lass es raus!«, und dann geht sie weg und hat ein gutes Gefühl, dass ich das durchhalte, mit der stillen Treppe und den heiteren Smiley-Magneten am Kühlschrank, die für Konsequenz und so stehen.

Dann soll ich mich wieder ein bisschen belohnen, und alle helfen mir dabei und packen mit an, im Hintergrund läuft dazu das Lied »Down Under« von *Men at Work*, weil »Bruttosozialprodukt« zu diesem Film einfach nicht passt, und jetzt machen sie mich passend für das Format. Während sie mir die Nase abraspeln, die Brüste eckig schrauben und meine Ohren bügeln, meine Poren verputzen und mir die Schweißdrüsen rausreißen, meinen Geschmackssinn weglasern und meine Zunge rasieren, mein Herz kernsanieren, mein Hirn versiegeln und meine Seele veröden, merke ich, wie sich alles von mir löst.

Und dann habe ich dich vergessen. Plötzlich weiß ich nicht mehr, wie meine Hände feucht werden konnten, wenn du nur den Raum betreten hast, ich habe keine unstillbare Sehnsucht mehr danach, jeden Millimeter deiner Haut zu berühren, verlange nicht nach dir, bis es schmerzt, habe vergessen, dass das Paradies auf deinen Lippen liegt und wie dein Schweiß auf meiner Brust riecht, weiß nicht mehr, wie du morgens oder abends schmeckst, weiß nicht mehr, wie ich auch nur eine Träne für dich vergießen konnte. Das waren doch nur Gefühle. Jetzt habe ich echte Emotions.

Alles wird gut, sagen sie, und dann kommt Werbung.

Wenn es mal so weit ist

Meine Mutter hat alles geregelt, für später, wenn es mal so weit ist. Sie möchte verbrannt werden.

»Das wäre ja wohl noch schöner«, sagt sie immer, »jahrelang Geld für ein Grab bezahlen, in dem ich nur doof rumliege.«

Auch für meinen Vater hat meine Mutter alles geregelt. Sie will für ihn eine Art Totenwache abhalten, die irgendwie griechisch-orthodox anmuten soll, obwohl wir weder das eine noch das andere sind. Sie findet die Vorstellung einfach schön, dass alle Verwandten und Freunde von ihm Abschied nehmen können, und zwar nicht in einer Kirche, sondern bei uns zu Hause, in seiner natürlichen Umgebung, wie meine Mutter es bezeichnet. Ihr genauer Plan besteht darin, meinen Vater drei Tage lang im offenen Sarg auf dem Esszimmertisch aufzubahren, in seinem guten schwarzen Frack. Mein Bruder meinte, dass es dann doch weitaus natürlicher wirke, wenn wir meinen Vater statt im Frack in seinem Jogginganzug aufbahren würden, und ich gab daraufhin zu bedenken, dass wir meinen Vater dann doch auch ganz natürlich im Jogginganzug ohne Sarg auf die Couch legen könnten.

Meine Mutter fand das geschmacklos von mir. Wenn wir meinen Vater einfach nur im Jogginganzug auf die Couch legten, würden viele unserer dussligen Freunde gar nicht merken, dass er tot sei, meinte sie. »Wäre das nicht schön?«, sagte meine Schwester verträumt, und mein Vater schnaubte, damit wir merkten, dass er noch gar nicht tot war.

In der Tat ist er weit davon entfernt, tot zu sein, genau wie meine Mutter. Die beiden sind für ihr Alter quicklebendig und kerngesund. Aber meine Mutter liebt den Tod und alles, was damit zusammenhängt. Sie ist eine dieser wenigen fröhlichen, pastellfarbenen Morbiden, die zu jedem Geburtstagsgeschenk statt einer Glückwunschkarte einen Organspendeausweis dazulegen. Die weiteren Passionen meiner Mutter sind Winterschlussverkauf und dicke Kinder. Dicke Kinder sind ihr fast noch lieber als der Tod. Sie kann sich nicht sattsehen an ihnen, und die Mischung zwischen Faszination und Ekel ist immer ausgewogen, wenn sie welche ausfindig macht. Wenn sie ein besonders dickes Kind gesehen hat, erzählt sie den halben Tag von dieser Begegnung, bläht unterstützend ihre Backen auf und zeigt mit den Händen den enormen Brustumfang an, den der arme Achtjährige hatte. Die Eltern dieser Kinder gehören an den Pranger, so sagt sie immer, die armen, armen Kinder, »aber mein Gott – waren die fett!«

Mein Vater ist Lehrer, ihm sind dicke Kinder egal, solange sie ihre Hausaufgaben machen. Mein Vater ist selber ziemlich dick, aber solange er nicht so dick wird, dass er mit dem offenen Sarg durch den Esstisch bricht, ist alles in Ordnung. Denn den Tisch brauchen wir noch, für später, wenn der Papa mal nicht mehr da ist, obwohl keiner weiß, wofür. Meine Mutter kann ums Verrecken nicht kochen.

Mein Vater kocht viel zu gut, viel zu viel und sammelt auch gerne. Vor allem Haushaltsgeräte. Er besitzt acht verschiedene Trüffelhobel, hält sich selbst aber für ganz normal. Der gesamte Keller meiner Eltern ist vollgestopft mit Kram, den mein Vater gesammelt hat: Eiswürfel-Crusher, Computer, Bilder, halbe ausgestopfte Elche, elektrische Fußbadewannen, Mikrowellen, Trüffelhobel.

Einmal im Jahr bringt meine Mutter den ganzen Kram zum Sperrmüll, frühmorgens. Der Sperrmüllabholdienst ist aber immer erst am späten Nachmittag in unserer Straße. Das gibt meinem Vater die Gelegenheit, alles wieder in den Keller zu räumen, wenn er mittags aus der Schule kommt.

»Stell dir vor, das wollte jemand wegwerfen«, sagt er dann zu meiner Mutter, und meine Mutter sagt nichts, sondern poliert schon mal den Esstisch, für später.

Mein Vater stellt auch gerne Fragen, Antworten interessieren ihn nicht sosehr. Er hat seine Technik mithilfe des Autoradios perfektioniert. Er dreht es auf ganz leise, fragt etwas, und wenn wir antworten, dreht er schnell wieder auf ganz laut.

Mein Vater war früher evangelisch, meine Mutter katholisch, er ist für Dortmund, sie für Schalke, mein Vater hat Angst vor Schwulen, meine Mutter findet die alle total niedlich, meine Eltern können nicht aus derselben

Kanne Kaffee trinken, weil er meiner Mutter immer zu stark und meinem Vater zu schwach ist. Manchmal macht mein Vater heimlich eine Diät, damit er jederzeit in den Sarg passt und nicht durch den Esstisch kracht. Ich halte das für überflüssig. Denn meine Mutter wird ihn nicht um einen Tag überleben, wenn es dann mal so weit ist.

Die gelben Mappen

»Wann waren Sie denn zum letzten Mal hier?«, fragt mich die Dame von der Agentur für Arbeit und scheint darauf tatsächlich eine Antwort zu erwarten.

Ich finde, diese Frage gehört nicht in den Mund von Dienstleistern, aber sie alle lieben diesen Satz: der Zahnarzt, der fasziniert auf mein Bonusheftchen mit vierstelliger Postleitzahl starrt, und auch der Friseur, der meine Kopfflusen durchwuschelt und mich süffisant darüber aufklärt, dass ich den »Just-out-of-Bed-Look« wohl mit dem »Just-stay-in-Bed-Look« verwechselt habe.

Meine Wiedereingliederung in die Gesellschaft läuft nicht gerade gut an. Vielleicht war es ein Fehler, mir sowohl »Kaspar Hauser« als auch »Nell« auf Video auszuleihen und drei Tage lang zu üben, alle Wörter fast ohne Vokale auszusprechen. Die Dame von der Agentur für Arbeit scheint den Trick auch schon zu kennen. Denn als ich wild mit den Armen zu rudern beginne und versuche, sie über ihren Schreibtisch hinweg zu umarmen, wobei ich in gespielter debiler Freude »Pfreund, Pfreund, gut, gut!« rufe, haut sie mir mit meinem Abiturzeugnis auf die Finger.

»Frau Buddenkotte, die Nummer haben andere schon besser gebracht. Also, wann waren Sie das letzte Mal hier?«

Ich gebe auf, seufze und bekenne reumütig: »Vor zehn Jahren, mein Zahnarzt kann das bestätigen.«

Die Dame seufzt ebenfalls und wirft einen kurzen Blick auf meine Unterlagen.

»Und wie alt sind Sie jetzt?«, will sie wissen.

Das könnte eine Falle sein, also wage ich einen müden Gegenangriff: »Fünfundsechzigeinhalb?«

»Falsch.«

»Richtig.«

»Sie sind höchstens halb so alt.«

»Na, hören Sie mal, ich bin neunundzwanzig!«

»Erwischt!«

»Glückwunsch. Kann ich jetzt gehen?«

»Nein, zuerst suchen wir einen Beruf für Sie. Und da Sie in den letzten zehn Jahren offensichtlich nichts auf die Reihe gekriegt haben, fangen wir ganz vorne an. Wo liegen denn Ihre Stärken, Frau Buddenkotte?«

»Ich bin unverbraucht und hege eine Menge Vorurteile. Das könnte ich aber noch ausbauen.«

»In Ihren alten Unterlagen steht, dass Sie – entschuldigen Sie, dass ich gähne – etwas Soziales mit Tieren machen wollen. Besteht da noch Interesse?«

»Nein, ich würde jetzt lieber was Asoziales mit alten Leuten machen. Ich könnte direkt mit Ihnen anfangen.«

»Werden Sie nicht frech, Frau Buddenkotte, ich bin nicht alt, ich bin neunundvierzig.«

»Erwischt. Touché!«

126

»Okay, Ausgleich, aber ich kriege Sie noch. – Hier steht, Sie hätten versucht, zu studieren. Was ist passiert? Haben Sie den Raum für das Proseminar nicht gefunden?«

»Schlimmer. Ich habe die Fakultät nicht gefunden.«

»Netter Versuch, Frau Buddenkotte, aber so sammeln Sie hier keine Punkte. Erst letzte Woche hat jemand behauptet, er wäre drei Jahre lang an der falschen Uni gewesen – als Dozent. Haben Sie jemals daran gedacht, so richtig zu arbeiten, also ohne akademisches Vorgeplänkel?«

»Nein, und ich habe auch das Attest beigelegt.«

»Was für ein Attest?«

»Das vom Hautarzt. Sobald jemand das Wort Berufsschule ausspricht, bekomme ich großflächige, nässende Ekzeme.«

»Das wäre doch ein guter Einstieg gewesen für eine Karriere als Aussätzige.«

»Das ist ein Ausbildungsberuf?«

»Selbstverständlich. Haben Sie etwa noch nie einen Blick in unsere gelben Mappen geworfen?«

»Die gelben Mappen? Ich kenne nur die grünen und die roten!«

»Erstaunlich. Sie erfüllen alle Kriterien für einen Einblick in unsere gelben Mappen.«

Meine Arbeitsagenturdame steht auf, schiebt die Regalwand mit den Aktenordnern beiseite und öffnet den dort versteckten Wandsafe. Die gelben Mappen. Es müssen Hunderte sein. Von A wie Angeber bis Z wie Zahnarztgattin.

»Schauen Sie doch mal hier, Frau Buddenkotte, die Aussätzigen-Ausbildung. Bis 2002 musste man noch ein Praktikum in einer Lepra-Kolonie absolviert haben, aber heute reicht als Grundvoraussetzung schon ein relativ übler Eigengeruch. Auch die Kutten sind heutzutage viel praktischer geschnitten und in aktuellen Farben erhältlich. Jetzt kommt der kleine Wermutstropfen. Halbtagsstellen sind kaum zu bekommen, und etwa vierzig Prozent der angelernten Aussätzigen entwickeln im Laufe von drei Jahren eine Allergie gegen sich selbst.«

»Klingt anstrengend. Was ist denn das da, in der Mitte? Heiratsschwindler?«

»Völlig überlaufen und leider immer noch eine Männerdomäne. Und die Stipendien beim Anna-Nicole-Smith-Institut sind ziemlich heiß begehrt ...«

Doch so einfach lasse ich mich nicht abfertigen. Jetzt, wo ich das Geheimnis der gelben Mappen kenne, möchte ich auch loslegen dürfen: »Aber ich brauche sofort einen Arbeitsersatz! Was ist denn damit: Kiezgröße? Das klingt gut!«

»Hm-m, wird auch oft angefragt. Die meisten fallen aber schon beim Legendenranken durch. Das haben wir früher als Ich-AG angeboten, dann stellte sich heraus, dass man doch ein paar Scheinangestellte braucht, die erst einmal einen schlechten Ruf aufbauen. Haben Sie vielleicht eine düstere Vergangenheit, körperliche Gebrechen ...? Ein Holzbein kommt immer gut an!«

»Leider nur die üblichen Zipperlein, aber ich könnte mich ja dann später spezialisieren ...«

»Frau Buddenkotte, das ist wahrscheinlich nicht mehr

drin für Sie, es sei denn, sie schaffen sich innerhalb der nächsten Tage einen Buckel an. Und der kostet, das sage ich Ihnen. Was wäre denn hiermit: Junger Mann zum Mitreisen? Das könnte ich mir schön vorstellen für Sie …«

»Mit Verlaub, ich bin kein junger Mann …«

»Ja, meinen Sie denn, die suchen tatsächlich jemanden zum Reisen? – So alt und so naiv! Haben Sie schlimme Tätowierungen?«

»Ja, klar, wer nicht? Die sollten mich ja ursprünglich mal vor Arbeitsverhältnissen schützen …«

»Großartig! Frau Buddenkotte, wenn Sie jetzt auch noch einhändig eine Zigarette drehen können und lustige bunte Chips einsammeln möchten, dann haben wir es doch!«

»Nein, nein, das mache ich nicht. Kann ich auch gar nicht. Lesen sie selbst! Da steht, dass man in jeder Stadt wenigstens eine Rummelbraut zu schwängern hat, ha! Ich bin nicht qualifiziert!«

»Da haben Sie recht, schade, schade. – Nun gut, letzte Möglichkeit: Sie durchqueren mit einem Dreirad die Kalahari, fotografieren dabei wilde Kamele und halten darüber anschließend Dia-Vorträge an der Volkshochschule. Das ist doch schön, dann sind Sie auch weg aus meinem Zuständigkeitsbereich.«

»Hört sich interessant an. Aber vielleicht sollte ich das etwas auf meine Lebenssituation … äh … angleichen.«

»Wie stellen Sie sich das vor?«

»Also, ich könnte ja erst mal auf Puschelpantoletten meinen Hausflur durchqueren und die wild eingewor-

fenen Werbezettel kopieren. Und die werden anschließend in der Volkshochschule farbig ausgemalt. Wie
wäre das?«

»Frau Buddenkotte, so machen wir's! Aber eins müssten Sie mir versprechen. Dass sie nie wieder an meine
Tür klopfen!«

»Abgemacht. Ich mach mich sofort auf den Weg. Danke Ihnen sehr!«

»Aber bitte. – Viel Glück, Frau Buddenkotte! Sehen
Sie, wer wirklich Arbeit sucht, der findet auch welche!«

Unsätze des Lebens

Alle Jahre wieder wählt ein erlauchter Zirkel von Leuten, die sonst nichts Besseres zu tun haben, das »Unwort des Jahres«. Aber selbst an dieser vergleichsweise einfachen Aufgabe scheitern sie bereits. Oder warum sonst war das Unwort des Jahres 2001 »11. September«? Getoppt wurde dieser Unfug nur noch von »Die Achse des Bösen«, dem Gewinner des Folgejahres. Irgendwann beschloss ich, dass ich eingreifen musste. Wenn die Profis es schon nicht schafften, die richtigen Unwörter zu finden, sondern lieber auf Halbsätze und Verfallsdaten auswichen, konnte ich das Ganze auch gleich lieber selbst erledigen. Und zwar richtig, monumental und mit Garantiezeit. Also habe ich die zehn Unsätze meines bisherigen Lebens zusammengestellt, diejenigen Sätze nämlich, die ich nie wieder hören will. Statt sie chronologisch zu ordnen, erlaube ich mir, eine Top Ten zu erstellen, die von böse bis absolut verboten reicht.

Unsatz Nummer 10:

»Das verstehst du noch nicht, das erkläre ich dir später, in ein paar Jahren.«

Gefallen ist dieser Ausspruch circa tausendmal in meinen ersten Lebensjahren. Die Urheber waren natürlich meine Eltern. Bei diesem Unsatz frage ich mich heute noch, wie klar denkende Erwachsene davon ausgehen können, dass ein Kind nicht versteht, was der eine Hund da auf dem anderen macht, wohl aber die Zeitspanne von »ein paar Jahren« zu überblicken vermag.

Unsatz Nummer 9:

»Wir sind nicht wütend, nur enttäuscht.«

Dieser Unsatz ist das wirklich Gemeinste, was aus dem pädagogisch manipulierten elterlichen Mundwerk so herausflutschen kann. Auch dieser Ausspruch wiederholte sich des Öfteren in meiner Jugend und reizte mich so sehr, dass ich um Hausarrest und Fernsehverbot gebettelt habe, nur damit dieses enttäuschte Kopfschütteln endlich aufhören möge.

Unsatz Nummer 8:

»Jetzt weint die Lena, weil du sie nicht mitspielen lässt.«

Wahrscheinlich der Unsatz des Jahres 1979, gesprochen von meiner Kindergärtnerin, die gleichzeitig Mutter und Sprachrohr von Lena war. Was konnte ich dafür, dass ich nicht wusste, wie man Heulen, Quengeln oder Petzen spielt? Und Lena konnte kein anderes Spiel. Tja, arme Lena, böse Katinka.

Unsatz Nummer 7:

»Oh, you look just like your father … exactly like him!«

Dieser Unsatz fiel am 1. August 1992, gesprochen von Wendy-Lou, der amerikanischen Ex-Verlobten meines Vaters. Ich kann ja verstehen, dass die Frau es nicht leicht im Leben hatte und den alten Zeiten mit meinem Vater nachtrauerte, aber keine Fünfzehnjährige der Welt möchte hören, dass sie *exactly* wie ein germanischer Hüne mit Glatze, Plauze und Schnauzbart aussieht.

Unsatz Nummer 6:

»Wie sollte ich denn wissen, dass du auf den stehst?«

Dies sprach Sandra Peschke am 19. 7. 1989, bevor sie mit dem Mann Eis essen ging, mit dem ich den Rest meines Lebens zu verbringen gedachte. Natürlich hätte ich ihm das auch mal verklickern können, hätte ich auch nur ein Wort in seiner Gegenwart herausbekommen. Aber Sandra Peschke, bis zu diesem Tag meine allerbeste Freundin, die hätte das doch schließlich merken müssen, diese Natter!

Unsatz Nummer 5:

»Ich ruf dich an.«

Diesen Unsatz haben wir alle schon mal gehört und wahrscheinlich auch gesagt. Seit Jahren feile ich an einer ehrlichen Übersetzung für diese vier Worte, die da zum Beispiel lauten könnte: »Am gestrigen Abend befand ich mich in einem Zustand permanenter Trunkenheit und Läufigkeit. Erst jetzt erkenne ich, dass meine Partnerwahl für die Nacht wohl vollständig auf diesen Umständen beruhte. Wir passen körperlich wohl nicht zusammen, und bevor ich mir den dazugehörigen Geist dazu antue, stelle ich wohl doch lieber wieder auf Handbetrieb um und/oder rufe meine/meinen Ex an.«
Auch kein schöner Satz, aber wenigstens ehrlich.

Unsatz Nummer 4:

»Experten gehen davon aus, dass die Dunkelziffer weitaus höher liegt.«

Der Medien-Unsatz! Erstaunlich, dass sich von der ARD bis VIVA kein Moderator zu dumm ist, immer dieselbe

Floskel in die Kamera zu heucheln, mit einem so betroffenen Gesichtsausdruck, als sei in der Senderkantine der Pudding ausgegangen. Abgesehen davon, dass man sich fragen muss, was das für Experten sind, wenn die noch schätzen müssen, hofft man insgeheim doch mal auf ein alternatives Ende für diesen Satz, vielleicht in der Art: »Rom, Petersplatz. Der Papst sprach den Neujahrssegen vor den zehntausend tiefgläubigen Christen, die sich dort versammelt hatten. Experten gehen davon aus, dass die Dunkelziffer weitaus niedriger lag.«

Unsatz Nummer 3:

»Das ist eigentlich eine sehr schöne Aufgabe für dich.«

Der Lieblingssatz meiner ehemaligen Chefin in der Werbeagentur, wenn sie den allerletzten Humbug an mich herantrug, dies aber nicht unumwunden zugeben wollte. Wahrscheinlich noch ein Relikt aus ihrem Manager-Seminar von vor zwanzig Jahren. Thema: Wie schweiße ich Scheiße in Goldfolie ein?

Unsatz Nummer 2:

»Okay, du darfst dich aber nicht aufregen.«

Dieser Einleitungsunsatz ist ein Klassiker. Glaubt die Person, die ihn von sich gibt, allen Ernstes, sie bliebe dadurch vor meinem Zorn verschont, weil sie es vorher angemeldet hat? Unglaublich dämlich und sehr, sehr kontraproduktiv!

Doch die absolute *Nummer 1*, die Mutter aller Unsätze ist und bleibt:

»Ich bin halt noch nicht bereit für so ein Zweierding.«

Die einen mögen es Beziehung nennen, meinethalben auch Affäre, aber Zweierding, das ist wirklich toll. Vor allem, wenn jemand drei Monate lang jede Nacht sehr bereit für *so ein Zweierding* war, frage ich mich, wessen Hirn da vernebelter gewesen ist. Wenigstens beflügelte mich das noch zu meinem persönlichen Satz des Jahres, der da lautet: »Weißt du was? Ich wünsch dir um dein Eierding so'n Ausschlagding.«

Mein Weihnachten

Am Weihnachtsmorgen stehe ich ganz früh, vor allen anderen, auf und gehe in die Kneipe. Dort habe ich gestern Schal und Handschuhe vergessen, natürlich ausgerechnet das Ensemble, das meine Mutter mir am Vorabend geliehen hat.

Die Wirtin deutet auf die »Schlangengrube« in der Ecke, eine bierfeuchte Anhäufung winterlicher Accessoires. Nach einigem Suchen meine ich, einen Schal gefunden zu haben, der Mutters Geschmack treffen könnte. Die Wirtin reicht mir noch ein Paar farblich beinah passende Handschuhe, spricht aber dabei aus, was ich befürchte: »Kauft ja kaum noch einer so gute Qualität wie deine Mutter, ne? Das Zeug war natürlich heute direkt als Erstes weg, heute um sechse, die haben sich aber auch gefreut, die Leute. Also kannste noch 'ne Mütze mitnehmen oder 'nen Schirm.«

Ich nehme das Angebot dankend an und habe somit ganz nebenbei das erste Weihnachtsgeschenk organisiert. Denn ich bin mir ziemlich sicher, dass meine Mutter noch keine Mütze in Reggae-Farben besitzt, so eine mit angenähten Rastazöpfen. Wenn sie die sieht, freut sie sich anschließend umso mehr über den neuen Schal. Mit Liebe schenken, aber auch mit Köpfchen, sage ich immer.

Zu Hause angekommen, ist auch mein Vater wach. Wir beide haben noch so einiges auf unserem Zettel. Zuerst die Gans abholen.

Zu Weihnachten wollen wir immer eine liebevoll aufgezogene Ökogans haben. Da trifft es sich hervorragend, dass Papas Onkel Utti diese züchtet, so im ganz kleinen Stil. So klein, dass die Gänse Namen haben und wir sie bei unseren diversen vorweihnachtlichen Besuchen streicheln können, wenn sie glückselig hinter Onkel Utti herlaufen.

Als wir bei Onkel Utti ankommen, lebt unsere Vivien noch. Onkel Utti verspricht, das sofort zu ändern, die muss man ja nicht einfangen, die Vivien, die ist ja eh die liebste von allen, die schläft ja sogar im Haus.

Mein Vater und ich beschließen, dass wir Vivien nicht essen wollen. Keiner soll Vivien essen. Also gibt Papa Onkel Utti siebzig Euro, und der verspricht, Vivien keine Feder zu krümmen. Wir glauben ihm das, wie jedes Jahr, obwohl wir kein Lebenszeichen von Tiffany, Audrey oder Gudrun erhalten, die wir in den letzten Jahren ebenfalls nicht essen wollten, obwohl Tiffany schon tot war.

»Die sterben ja auch mal ganz natürlich«, sagt Onkel Utti noch, als er uns vom Hof winkt, in der einen Hand die Geldscheine, in der anderen das Beil.

Also auf zum Real-Markt, eine namenlose polnische Mastgans kaufen. Hier muss ich sehr auf meinen Papa aufpassen, damit er nichts kauft, wovon er meint, dass er das noch nicht hätte. In einem unbeobachteten Moment schafft er es, doch noch eine Munddusche in den Einkaufswagen zu packen. Sie sieht der Munddusche, die meine Mutter gestern für ihn gekauft hat, sehr ähnlich. Die Geschmäcker gleichen sich an nach fünfunddreißig Jahren Ehe. Ich schimpfe nicht mit meinem Vater, schließlich ist Weihnachten. Das reicht ihm als Geschenk.

Als wir wieder zu Hause sind, ist meine Mutter wach und direkt in weihnachtlicher Aufregung, als sie die Munddusche sieht. Die müssen mein Vater und ich wieder umtauschen, allerdings erst später. Vorher ruft meine Mutter unsere Nachbarn an und fragt, ob sie in diesem Jahr die Beilagen machen, wie in jedem Jahr. Die Nachbarn bestätigen die Beilagenzubereitung, sie müssten nur noch Knödel und solche Sachen einkaufen. Das bringt Mutter nun vollends in die richtige Stimmung. Ich werde geschickt, Knödel und solche Sachen einzukaufen.

Im Supermarkt treffe ich die Nachbarin. Wir beide sind beladen mit Knödeln, wissen aber beide nicht mehr, was »solche Sachen« noch mal sind. Beide trauen wir uns nicht, meine Mutter deshalb anzurufen, und gehen wieder in die Kneipe, um »solche Sachen« bei einem Bier zu klären. Kurz nach Ladenschluss fällt uns ein, dass mit »solche Sachen« wahrscheinlich Rotkohl gemeint ist. Wir finden noch welchen im Keller, natürlich nicht den guten, aber der passt wenigstens zur polnischen Gans.

Weil der Real-Markt länger geöffnet hat, fahren Papa und ich die Munddusche umtauschen, gegen einen singenden Elch. Der Elch, den wir schließlich erwerben, ist anders als seine Kollegen, die immer nur »Jingle Bells« gesungen haben. Unser Elch singt »You are my Sunshine, my only Sunshine«, und zwar nicht dann, wenn man einen Knopf an seinem Geweih drückt, sondern dann, wenn man den Knopf aus Versehen loslässt.

»So einen Elch wird Mama dir bestimmt nicht schenken«, lobe ich meinen Vater für seine Kaufentscheidung, »außerdem passt er gut zu dem singenden Barsch!«

Mein Vater freut sich schon darauf, gleich den Barsch aus dem Keller zu holen, aber vor dem Barsch holen wir noch Andrea vom Bahnhof ab. Andrea kommt seit fünf Jahren an Weihnachten zu uns, weil ihre Familie noch komischer ist als meine. Zumindest anders komisch, denn die verstehen nicht, dass Andrea lieber bei einer anderen Sippe feiert. Also erzählt Andrea ihrer Familie, dass sie ganz alleine mit mir in Köln das Weihnachtsfest feiert. Um so hemmungslos lügen zu können, muss Andrea sich betrinken. Angetüdelt wie sie ist, bekommt sie die Aufgabe, bis zum Abend fest auf das Elchgeweih zu drücken, damit unser Elch sein Liedchen nicht schon vor der Bescherung röhrt.

Wieder zu Hause angekommen, werden Andrea und der Elch zu meiner Mutter gesetzt, die von unserer Nachbarin Likör eingeflößt bekommt, damit sie nicht merkt, dass die Gans aus Polen und der Rotkohl aus dem Keller ist. Andrea erweist sich wie in jedem Jahr als erstaunlich flexibel und schwenkt ohne Übergang ebenfalls auf Amaretto um.

Gegen vierzehn Uhr treffen schließlich meine Schwester und mein Schwager ein. Beide stürmen sofort auf die Wohnzimmercouch, wo mein Schwager meiner Schwester dabei zusieht, wie diese im Fernsehprogramm mit Textmarker anstreicht, welche Sendungen während der Weihnachtstage angeschaut werden. Nur einmal »Sissy«, dafür alle drei Teile hintereinander, zweimal »Der kleine Lord«. Die Lücken bis zum 26. Dezember werden großzügig mit Wiederholungen von »Drei Haselnüsse für Aschenbrödel« gefüllt. Damit es zur besinnlichen Zeit nicht zu kontroversen Diskussionen kommt, steckt meine Schwester anschließend die Fernbedienung in ihre Handtasche und setzt sich darauf. Ich rege mich schon gar nicht mehr darüber auf, weil sie es selten schafft, volle drei Tage in dieser Position auszuharren.

Dann kommen mein Bruder und seine Freundin. Mein Bruder soll gleich duschen gehen, genau wie ich, weil wir jetzt nach Bier riechen, in zwei Stunden aber wieder nach Wein riechen sollen oder wenigstens festlich nach Likör.

»Genau!«, lallt Andrea und lässt dabei fast das Elchgeweih los.

Die Freundin meines Bruders rennt in die Küche, um zu kontrollieren, dass mein Vater auch was Vegetarisches macht, aber so richtig, nicht nur Knödel und so. Mein Vater hat natürlich eine Wanne voll gedünstetem Gemüse gezaubert, dann kommt mein Einsatz.

Ich quengele rum, weil mein Vater zu der Zeit, als ich kein Fleisch gegessen habe, nie eine Wanne voll Gemüse gemacht hat, und weshalb mein Bruder jetzt als Erster duschen darf, obwohl der doch schon ein Kaninchen hatte, als er sechs Jahre alt war, und ich nicht.

Die Freundin meines Bruders bietet mir ein Brokkoli-
röschen aus ihrer Gemüsewanne an, das will ich jetzt
aber auch nicht mehr. Meine Schwester mischt sich von
ihrem Fernbedienungsnest aus ein, sie wolle auch noch
duschen und dass ich ja gar nicht schon wieder duschen
müsste, hätte ich nicht schon wieder gesoffen.

»Genau!«, rufen Andrea und meine Mutter aus dem
Esszimmer. Beide sitzen jetzt auf dem Elch, damit der
nicht frühzeitig singt.

Ich quetsche mich neben meine Schwester auf die
Couch und rieche nach Bier, bis sie ins Badezimmer
stürzt. Ich nutze den Moment, um in ihre Tasche zu grei-
fen und die Batterien aus der Fernbedienung zu klauen.
Bei früheren Gelegenheiten habe ich die ganze Fernbedienung geklaut. War aber nur der halbe Spaß, lustiger
ist es, wenn meine Schwester wie verrückt auf dem Ding
rumdrückt, um die Schlussszene von »Der kleine Lord«
wieder anzustellen. Es ist übrigens kein Ersatz für sie,
wenn mein Bruder und ich stattdessen aus vollem Halse
»Oh, Golden Slippers« grölen und wild durchs Wohnzimmer polkadieren. Sie mag überhaupt keine selbst-
gemachten Geschenke. Deswegen sind die von mir ge-
bastelten Gutscheine auch nie direkt an sie gerichtet,
sondern an ihr Pferd. Soweit ich es überblicken kann,
schulde ich dem Zossen inzwischen ein Turnierhalfter,
ein Weidehalfter und eine Abschwitzdecke. Dieses Jahr
bekommt es ein Viertel Sattel, der ist dann aber auch mit
zum Geburtstag.

Schließlich steht unsere Nachbarin auf, um ihre Familie zu holen, die sie in der Kneipe vergessen hat. Diesen

familiären Augenblick nutzen wir. Ungeduscht sitzen wir alle vor dem Fernseher und schauen uns den einzigen Weihnachtsfilm an, auf den wir uns in all den Jahren einigen konnten: »Die drei Musketiere« von 1973.

Da wir diesen Film gut kennen, sprechen wir in verteilten Rollen mit. Andrea ist der Kutscher, weil der immer nur »Genau« sagen muss. Immer wenn Oliver Reed als Portos was trinkt, trinken auch wir was. Für alle, die den Film nicht kennen: Oliver Reed starb beim Dreh seines letzten Films am Set, nachdem er ein ganzes mexikanisches Dorf zum Wetttrinken herausforderte. Die Rolle des Portos war ihm also quasi auf den Leib geschneidert.

Gegen Ende des Films wird der Kutscher vom Bock geschossen, also fängt der Elch an zu singen. Unsere Nachbarn stehen mit Knödeln und solchen Sachen vor der Tür, und nachdem wir uns alle zu unserer gesunden Gesichtsfarbe gratuliert haben, wird es ganz besinnlich. Die Nachbarn, mein Bruder, seine Freundin, meine Schwester und mein Schwager hocken sich auf den Elch, meine Mutter und mein Vater stützen Andrea, ich wähle die Telefonnummer in Düsseldorf und alle sind ganz still, während Andrea sich »Frohe Weihnachten« von ihrer komischen Familie wünschen lässt. Am Ende des Gesprächs rülpst Andrea dann: »Frohes Fest, genau!« in den Hörer, haut mit dem Kopf auf den Tisch und schläft augenblicklich ein. Immer direkt auf der polnischen Gans. Und dann, das wissen wir alle, dann ist endlich Weihnachten.